LA VOIX DE LA MEUTE

Collection animée par Soazig Le Bail, assistée de Claire Beltier.

Merci aux étudiant(e)s du master 1
Création éditoriale des littératures générales et de jeunesse
pour leur lecture sagace.

L'auteur de cet ouvrage a bénéficié d'une bourse d'écriture
de la Région et de la Drac Rhône-Alpes.

ISBN 978-2-36474-460-8

Couverture : Blexbolex
Maquette de couverture : Bärbel Mullbacher
Maquette intérieure : Amandine Chambosse

Loi n° 49-956 du 16 juillet 1949 sur les publications destinées à la jeunesse

GAIA GUASTI

LA VOIX DE LA MEUTE

1 LES REMPLAÇANTS

EDITIONS
THIERRY
MAGNIER

Pour Remi, Maia et Celia qui ont déjà eu
le courage de se baigner en novembre
dans l'eau glacée de la rivière.

1

Le brouillard ne s'était pas levé de la journée.

Désormais, le voile blanchâtre qui couvrait l'horizon se colorait de rouge dans l'heure du couchant.

Comme chaque vendredi, Mila descendit seule à l'arrêt du car scolaire des Trois Chemins.

Rosalie lui fit signe par la vitre et Mila put lire sur ses lèvres : À lundi, tête de pioche.

Mila sourit, le bus ferma ses portes et s'éloigna le long de la départementale, immédiatement avalé par le mur de brume.

Elle entendit le bruit du moteur disparaître et laisser place à un silence profond, ouaté. Puis, une salve d'aboiements éclata au loin.

Chasseurs, pensa Mila.

Peut-être que le père de Ludovic était de la partie.

Elle regarda les deux sentiers qui naissaient de la départementale et s'éloignaient dans des directions opposées, en coupant à travers les champs.

Au bout d'une des voies, sa maison l'attendait, à la lisière d'une colline parsemée d'arbustes et de chênes verts.

Mais Mila se dirigea vers l'autre chemin, celui qui aboutissait à la résurgence, au pied de la montagne que l'on appelait le Serre des Âmes.

Elle frissonna à l'idée de se glisser dans la mer blanche qui engloutissait le sentier. Considéra un instant l'hypothèse de manquer le rendez-vous. Après tout, dans le car, Rosalie le lui avait déconseillé.

– Encore ces deux mecs ? s'était-elle exclamée de sa voix nasale. T'es dingue d'y aller, vous n'avez rien en commun !

Mila avait haussé les épaules, sans répondre. Elle n'aurait pas pu expliquer. Elle savait parfaitement qu'elle ne partageait plus rien avec « ces deux mecs ». Pendant longtemps, elle avait redouté le moment où elle le saurait. C'était douloureux de savoir.

Mais elle ne leur poserait pas un lapin.

Pas aujourd'hui.

C'était le 15 novembre.

Le jour de son anniversaire.

La chasse était ouverte depuis deux mois et, quelque part dans la garrigue, des limiers étaient lancés sur la piste d'une proie.

Légèrement pliée sous le poids de son sac, Mila s'achemina vers la résurgence en se demandant s'il s'agissait d'un sanglier ou d'une autre bête sauvage. Lentement, elle se laissa emporter dans la battue. Elle imagina la traque, la sueur des hommes, la bave des braques enragés, le gibier en fuite. Elle ressentit sa panique et l'excitation du prédateur. Avec un léger dégoût, elle se représenta les blessures à venir, une balle qui crevait la peau, les mâchoires qui lacéraient les tissus. Une giclée rouge sur la fourrure.

Après quelques pas, le brouillard avala sa silhouette et le carrefour des Trois Chemins redevint désert.

La chienne rousse traînait la patte, semant une longue trace de sang derrière elle.

Elle geignait et semblait supplier ses compagnons de l'attendre.

Les deux chiens-loups gris ne ralentirent pas le pas, les pupilles dilatées par la panique. Leur course à travers la campagne était désordonnée, fébrile. Dans leur dos, l'aboiement des limiers qui les poursuivaient se rapprochait.

La quatrième bête, au pelage long et brun, s'arrêta, indécise. Elle flaira l'air. L'odeur âcre de la blessure était aussi forte que celle d'un cadavre. Les chasseurs n'auraient aucun mal à les débusquer.

Néanmoins, elle aboya pour retenir la meute.

Les deux mâles répondirent à son appel et freinèrent la cadence. Ils tournèrent sur eux-mêmes, en échangeant des grognements sourds, autant d'arguments dans leur langage sans paroles.

Les quatre animaux ne semblaient appartenir à aucune race connue de canidés. Entre chiens et loups, ils avaient le museau et les yeux obliques du prédateur, mais leurs voix et leurs robes, peu épaisses, colorées de nuances inédites, rappelaient davantage le meilleur ami de l'homme, les rapprochant ainsi du berger allemand.

Il suffit d'une série d'aboiements dans leur dos pour relancer la course.

Ils ne pouvaient pas attendre. Le temps pressait. Avec les chasseurs à leurs trousses, la piste du sang que la chienne rousse semait derrière eux ne leur laissait pas le choix.

Lorsque ses deux compagnons se remirent à trotter, à contrecœur, la bête brune les suivit.

La blessée les vit s'éloigner en courant le long d'un fossé qui séparait deux champs cultivés.

Elle aboya, tenta d'accélérer pour les rattraper, mais la plaie lui arracha un gémissement, sa patte se plia sous son poids et elle roula à terre, dans la boue.

Elle vit la meute disparaître à la lisière d'un bosquet d'épineux.

Toute seule, elle n'avait pas l'ombre d'une chance.

Elle apercevait la faible lumière orangée du soleil qui déclinait. Elle entendait déjà les voix des chasseurs qui s'approchaient. Elle pouvait distinguer la respiration de leurs limiers, encore cachés par le brouillard.

Dans un grognement étouffé, elle se releva et tenta de rejoindre le bosquet.

Le regard embué, elle n'aperçut pas le trou qui s'ouvrait sous ses pattes.

Avant que les chiens de chasse ne surgissent dans son dos, elle tomba dans une fosse à fumier.

Elle lança alors un hurlement profond, un cri de colère et de désespoir, qui creva le voile de la brume.

Puis, la puanteur masqua l'odeur de sang.

En entendant le hurlement, la chienne brune trébucha, ralentissant la cadence fluide de sa course. Mais une senteur nette, étonnamment précise, parvenait déjà à ses narines, un parfum de chair familier, si longtemps attendu. C'était le jour. La dernière occasion. Elle ne pouvait pas la rater.

L'esprit agité d'instincts qui remontaient en elle depuis la nuit des temps, elle fonça derrière les deux mâles, les babines déjà retroussées sur ses dents pointues.

Mila s'arrêta.

Elle avait longé des champs fraîchement labourés, où les énormes mottes de terre en désordre évoquaient un paysage ravagé. Quelques mois plus tôt, elle avait admiré ces mêmes champs recouverts de blé ondoyant, d'un vert très gai, puis d'un jaune couleur cendre. Tout change si vite, se dit Mila, et d'un coup son rendez-vous lui apparut dans son absurdité, une gaminerie qu'il faudrait, un jour ou l'autre, savoir interrompre. La dernière fois, conclut-elle. C'est la dernière fois. L'année prochaine, je ne viendrai pas.

Le hurlement interrompit ses considérations.

À quelques mètres d'elle, un faucon s'envola, surpris.

Mila tendit l'oreille. Depuis le temps, elle savait reconnaître les aboiements des chiens de chasse lancés sur une piste. Le cri qu'elle avait entendu n'était pas de la même nature.

Elle observa le chemin rocailleux qui longeait le flanc de la colline. Elle n'était plus très loin. Entre deux langues de brouillard, elle apercevait déjà la silhouette de la falaise qui surplombait la résurgence. Au-dessus, les pentes boisées des contreforts de la montagne se perdaient dans un vague halo de lumière laiteuse.

Tout autour, la végétation était immobile. Pas la moindre brise ne venait caresser les branches, où des rangées de feuilles humides attendaient patiemment un fil de vent pour tomber.

Un rugissement lui coupa le souffle. La peur aveugla ses sens, mais pas ses jambes. Sans se retourner, Mila se mit à courir, avant que le rugissement ne se transforme en éclat de rire.

La peur de Mila, elle, se transforma en colère.

– T'es con !

Elle dévisagea le grand garçon qui s'était caché derrière un arbre et s'avançait maintenant sur le chemin. Un jeune homme de dix-sept ans bâti comme une armoire, les cheveux très courts, les mains très grandes. Les yeux d'une magnifique couleur verte, qui détonnaient sur son visage anguleux et pâle, marqué par quelques cicatrices.

– Toujours la même blague débile ! On n'a plus six ans, Ludo !

Ludovic lui adressa son meilleur sourire mauvais-garçon-repenti.

– Je t'ai fait peur, Mimile ?

Mimile.

Comme lorsqu'ils étaient enfants et se retrouvaient pour partager équitablement les œufs de Pâques. Un pour Ludo, un pour Tristan, un pour Mimile.

Depuis combien de temps ils ne s'étaient pas vus ? Deux, trois mois peut-être. Et encore, ça avait dû être une rencontre hasardeuse, un peu gênée, devant le café de la Guigne au village.

Et pourtant, il l'appelait Mimile. Et à ses oreilles cela sonnait naturel.

Mila sentit sa mauvaise humeur fondre comme du beurre dans une poêle.

Peut-être que tout ne changeait pas forcément.

– Tristan n'est pas avec toi ? lui demanda-t-elle pendant qu'ils marchaient côte à côte vers la résurgence.

– T'en fais pas, va, sûr qu'il est déjà là. Et avec des gâteaux, je te parie.

– On pourrait peut-être arrêter avec cette histoire de gâteaux, non ? Ça fait carrément bébé.

– Ben pourquoi, c'est bon les gâteaux.

– Moi aussi j'aime bien les gâteaux ! leur cria une petite voix enfantine par-delà les embruns blanchâtres qui entouraient la résurgence.

Mila et Ludovic virent un petit bonhomme d'un mètre trente apparaître dans le brouillard et courir à leur rencontre.

– Qu'est-ce qu'il fait là, lui ? murmura Ludo, contrarié.

Une deuxième voix plus profonde émergea à son tour de la brume, amenant avec elle la silhouette d'un garçon posé, le regard caché par une avalanche de mèches bouclées, désordonnées.

– Je commençais à penser que vous ne viendriez pas.

– Salut Tristan, lui dit Mila. Ce n'est pas notre faute si t'arrives toujours en avance. Coucou Félix, ajouta-t-elle à l'adresse du petit, qui n'arrêtait pas de leur courir autour.

– Pourquoi t'as amené ton frère ? demanda Ludovic, sans bienveillance.

– Je n'y peux rien, ma mère m'a dit de le garder. On ne peut pas le laisser seul. C'était ça ou pas venir du tout.

– Tu ne peux pas le laisser seul… à dix ans ? ricana Ludovic. Nous, à dix ans, on allait où on voulait.

– Nous, à dix ans, on ne faisait pas toutes les conneries qu'il fait, celui-là. C'est un danger public, je t'assure, rétorqua Tristan avec un sourire.

Pendant quelques instants, Mila suivit des yeux la course sans but du petit frère de Tristan, qui apparaissait et disparaissait dans le brouillard. Félix semblait vraiment plus jeune que son âge. Il pouvait pleurer, inconsolable, pour la moindre contrariété, ou alors s'émerveiller devant l'insecte le plus banal. Il n'était pas pressé de grandir. Il profitait des dernières années de son enfance avec un enthousiasme inconscient.

Il a raison, se dit Mila, et une ombre de nostalgie passa dans son regard.

– Ça va, Milou ?

Comme d'habitude, Tristan semblait lire dans ses pensées. Elle n'aurait pas été étonnée qu'il lui sorte : Oui, mon frère a raison d'en profiter.

Combien de fois déjà avait-il dit haut et fort ce qu'elle pensait tout bas ?

Depuis toujours, elle était Mimile pour Ludo, Milou pour Tristan.

Ça leur donnait peut-être l'illusion d'avoir une amie différente, spéciale, pour l'un et pour l'autre.

Mila, elle, avait été heureuse de les avoir tous les deux, rien que pour elle. Tristan lisait dans ses pensées, Ludovic la protégeait. Rien de mal ne pourrait jamais lui arriver. Aucune moquerie ne l'atteindrait. Aucun regard ne la blesserait.

Ils avaient grandi ensemble, les trois enfants du hameau des Brujas, commune de Malazuc, quelques maisons à peine qui s'égrenaient le long du torrent de la Vrille. Si différents, et pourtant toujours ensemble, depuis le jour où

Mila, au début du CP, s'était retrouvée à attendre le car scolaire qui ramassait, indolent, la poignée de gamins perdus dans la campagne pour les amener à l'école municipale de la plaine. Cette année-là, le jour de la rentrée, trois élèves patientaient à l'arrêt des Trois Chemins. Mila, la plus petite, parfaite dans sa jolie tenue bien repassée, accompagnée par sa mère, dont la robe de chambre blanche contrastait puissamment avec une chevelure rebelle et crépue. Tristan, en CE1, en compagnie de sa grand-mère sourde comme un pot qui répétait en criant : T'as ton goûter ? T'as ton goûter ? Et Ludovic en CE2, seul, sans cartable, un œil au beurre noir.

Dans le car, spontanément, les deux garçons s'étaient assis à côté de la fillette, gardes du corps forts, grands, presque intimidants.

Pendant le trajet, ils n'avaient pas échangé le moindre mot.

Au moment de descendre du car, devant l'école, Mila avait eu peur.

Des nuées d'enfants couraient et criaient dans la cour, foule de cartables et de voix qui lui paraissait violente et dangereuse.

Tristan l'avait regardée et avait compris, déjà, à sept ans. Il s'était penché vers elle et il lui avait glissé : N'aie pas peur.

Puis, il avait rappelé Ludovic.

– Il faut l'aider, avait-il dit. Elle est petite.

Ludovic avait acquiescé, avec son regard amoché et la mâchoire serrée. Et pour traverser la cour, il l'avait prise par la main.

Ainsi elle avait grandi. La main serrée dans celle de Ludovic. Le regard fixe dans celui de Tristan.

Cela avait duré des années.

Grâce à eux, elle ne s'était jamais sentie différente. Elle s'était sentie unique. La seule enfant noire de toute l'école et de la plaine de Malazuc.

Milou, Mimile, Mila Koré.

Lorsqu'ils avaient découvert être nés tous les trois au mois de novembre, ils avaient décidé de célébrer leurs anniversaires ensemble. En cachette. Sans rien demander aux adultes. Ni fête, ni gâteau, ni bougies. Ils économisaient pendant des semaines argent de poche, bonbons, biscuits, et puis ils se retrouvaient, à trois, pour leur petite réception privée.

Bien sûr, parmi les dates, c'était toujours celle de la naissance de Mila, le 15 novembre, qui était choisie pour le festin. Et dès qu'ils avaient pu sortir seuls, la résurgence était devenue leur repaire. Parfois ils décoraient les rochers qui entouraient l'étang avec des feuilles rouges et des tas de prunelles. Ils mangeaient leur trésor religieusement, en souriant, et soudain, comme par enchantement, ils se sentaient grandir, d'un coup. C'était équitable. Un an de plus pour chacun.

Le Serre des Âmes, dont ils peinaient à apercevoir le sommet, bien au-dessus de la falaise, semblait les observer d'un regard bienveillant.

Une fois, Ludovic s'était baigné, l'insensé. Sa peau était bleue de froid. Qu'est-ce qu'ils avaient pu rigoler.

Peu à peu, ils étaient devenus si proches que leurs esprits, leur semblait-il par moments, étaient capables de fusionner. Leurs passe-temps d'enfants les amenaient à inventer un monde fantastique, animé par une logique propre, où personne d'autre n'était admis. La nature était leur terrain de jeux, et Mila, leur guide incontesté. La fantaisie de la fillette était sans limites. Son autorité dans la construction de leur univers magique, indiscutable. Ludo et Tristan suivaient ses pas, aussi prévenants qu'émerveillés. Une branche tordue était une baguette magique, une pierre plate un autel sacré. Une coccinelle, une fée égarée. Une sauterelle, une sorcière malveillante. Elle savait parler aux animaux. Elle leur apprenait à commander les orages, le vent, la foudre.

Souvent, ils n'avaient même pas besoin de mots. Ils se comprenaient d'instinct. Partageaient les mêmes émotions.

Parfois Ludovic s'isolait, boudeur, troublé par le chagrin et la violence qui jalonnaient sa vie et qui débordaient, par moments, jusque dans leurs jeux. Mila et Tristan le laissaient partir, avec une feinte indifférence, respectant son désir de solitude. Ludo finissait par revenir, de lui-même, et personne ne lui demandait d'explication.

C'était ainsi.

Ils étaient trois.

Ils savaient que, ensemble, leur imagination les préserverait de l'ennui à jamais.

Mila n'aurait pas su dire quand les choses avaient commencé à changer.

Lentement, ils avaient pris des chemins différents. Sans surprise, Ludo avait arrêté l'école, avant même d'obtenir son brevet. Il multipliait maintenant les petits plans et quelques contrats en tant que saisonnier agricole. Condamné à vivre avec son père, il traînait une tête de forçat, attendait la majorité comme une libération, et ses yeux devenaient chaque jour plus durs, plus froids.

Tristan avait choisi une formation professionnelle pour devenir menuisier, à Malazuc, le village. Depuis toujours, il aimait le bois. Dans leurs promenades en forêt, il ramassait les branches, suivait du doigt les veines des arbres, caressait l'écorce. Mila était sûre qu'il adorerait son futur métier aussi fort qu'il détestait l'apprentissage, avec les règles absurdes de l'entreprise, la fausse camaraderie, les blagues graveleuses.

Quant à Mila, encore une fois sans surprise, elle avait continué les études. Elle était au lycée, maintenant, logeait dans un internat et ne rentrait à la maison que pour les fins de semaine. Elle s'était inscrite à un cours de théâtre qui parfois la retenait en ville même le week-end. Dans son nouveau milieu urbain, elle avait découvert un autre monde, aussi loin du hameau des Brujas qu'aurait pu l'être l'Australie, où elle pouvait se fondre dans la diversité des autres. On y parlait, mangeait, riait différemment. Les mouvements du corps ne suivaient pas le même rythme, les saisons n'existaient pas. La couleur de sa peau n'attirait plus les regards.

Chaque fois qu'elle descendait du car aux Trois Chemins, elle mesurait la distance qui se creusait, semaine après semaine, avec sa vie d'antan. Avec sa mère. Avec ses amis. Avec la nature, qui ne parlait plus le langage mystérieux qu'elle savait jadis déchiffrer.

Abandonnés, Ludo et Tristan s'étaient noyés dans un quotidien où le merveilleux ne se montrait plus. Parfois, ils le regrettaient, en silence.

De leur passé, il ne restait qu'un rendez-vous par an, tacite, que personne n'aurait eu l'idée ni d'oublier ni de rappeler aux autres.

Le 15 novembre, au bord de la résurgence.

Ça allait de soi.

Pour le reste, plus rien en commun, avait dit Rosalie.

Elle avait raison.

Mila secoua sa masse épaisse de cheveux noirs, comme si elle voulait faire partir les souvenirs qui venaient, l'un après l'autre, se percher sur ses épaules.

– Elle doit être à ras bord, non ? lança-t-elle, pressée de s'accrocher à une constante de leur rite annuel.

Tristan acquiesça et la suivit jusqu'au bord de l'eau.

– Un peu qu'elle est pleine, commenta Ludovic.

Avec émerveillement, Mila redécouvrit la résurgence.

Pendant les périodes de sécheresse, il s'agissait juste d'un grand trou dans le terrain, profond de plusieurs dizaines de mètres, aux parois abruptes, dominé par la falaise de roche. Il faisait peur alors, large cavité où le regard se perdait, et où ils s'amusaient à faire rouler les cailloux avec la pointe de la chaussure.

Mais avec les pluies de l'automne, la fosse se remplissait d'eau de source, qui ressortait d'on ne savait où, après avoir parcouru un long chemin souterrain dans la montagne.

Et le gouffre se transformait en un petit lac d'une incroyable couleur bleu-vert, limpide et glacial. On pouvait alors s'asseoir au bord et regarder les reflets de lumière qui dansaient sur la paroi calcaire, juste en face, entre les taches de mousse et le lierre rampant. Parfois, en période de grandes crues, l'eau débordait et donnait naissance à un ruisseau qui se déversait jusqu'aux champs, en contrebas.

La Résurgence des Loups, l'appelait-on dans le coin.

– Ça donne envie de se baigner, fanfaronna Ludovic. Allez, Mimile, on se baigne !

Et il fit semblant de la jeter à l'eau.

– T'es malade, rigola Mila en se défendant.

– Moi, ça me donne soif, commenta Tristan.

– Et faim ! cria Félix en déboulant au pas de course. J'ai pas goûté, moi !

Le garçonnet se jeta sur le sac de provisions à la recherche d'un paquet de bonbons. Il attrapa les fraises Tagada, les coinça entre ses dents et grimpa sur un chêne à la manière d'un petit singe, pour les déguster tranquillement.

Mila échangea un regard complice avec Tristan.

Drôle de bestiole, ce petit gars, se dirent-ils sans un mot.

Puis Tristan se pencha au bord de l'eau et en retira un sac plastique qu'il avait assuré avec une pierre.

– Elles vont être bien fraîches, ajouta-t-il en sortant les boissons.

La jeune fille regarda Tristan passer une canette à Ludovic. Félix s'empiffrer de sucreries perché sur son arbre. Le brouillard flotter au fil de l'eau transparente qui s'assombrissait dans le soir tombant.

Bientôt, ce serait le crépuscule. Ils rentreraient chez eux, en rigolant à travers la campagne.

Rosalie disait sans doute vrai. Rien en commun. Et pourtant, Mila était heureuse d'être venue au rendez-vous.

Le premier à ressentir la menace fut Ludovic.

Il finissait sa canette, lorsqu'il entendit un grognement résonner par-delà le rideau du brouillard.

Il se retourna, troublé.

De l'autre côté de la brume, trois paires de narines tapies dans les broussailles se dilatèrent.

Les chiens-loups gris furent les premiers à s'élancer. Sans hésitation, ils se jetèrent sur leurs proies.

D'instinct, Ludo et Tristan firent écran devant Mila qui les vit rouler sur le sol caillouteux, leurs corps emmêlés avec ceux de deux animaux.

Tristan fut mordu le premier et s'écroula dans une plainte étouffée.

Ludo résista davantage. Par-delà l'échine de la bête, dont il avait empoigné la tête, il eut le temps de voir Félix qui, paniqué, laissait tomber ses bonbons pour se hisser plus haut dans les branches du chêne.

Ce fut un instant. Au-dessus de lui, l'animal se libéra de sa prise, tourna le museau vers le bras du garçon et y planta ses crocs.

Ludo ne hurla pas. Un sentiment de lassitude s'empara de lui, et il se laissa partir, sans peur, sans regrets, comme à la veille de vacances bien méritées.

Puis la chienne au pelage brun émergea du brouillard en grognant.

Figée, Mila la vit avancer vers elle lentement, en suivant une trajectoire en demi-lune qui la repoussait peu à peu vers la résurgence.

L'espace d'une seconde, la jeune fille crut lire dans le regard de la bête une hésitation, l'ombre d'un renoncement.

L'animal leva le museau, huma l'air.

Le halo rougeâtre par-delà la brume se teignait déjà d'un violet crépusculaire.

Les autres chiens s'étaient tournés vers elle. Fébriles, ils attendaient qu'à son tour, elle attaque sa victime.

Au bord de l'étang, Mila ferma les yeux.

Elle ne vit pas la louve tendre les muscles de ses pattes, ouvrir la gueule, se soulever de terre.

Elle ressentit soudainement la morsure à la cuisse, la poussée qui la faisait basculer, puis, plus douloureuse encore, la violence de l'eau gelée qui enveloppait ses épaules, son crâne, son corps tout entier.

Elle tomba en arrière, sur le dos, coulant vers le fond obscur de la résurgence avec une lenteur irréelle, tandis que le froid paralysait ses membres.

Avec effort, elle arriva à ouvrir les yeux. Elle vit les parois immergées de la cavité glisser autour d'elle, recouvertes d'étranges motifs qui semblaient gravés dans la roche, autant de fresques aquatiques d'une beauté singulière. Le sang qui sortait de sa blessure semait une traînée rouge au-dessus de son corps, et la tache de lumière de la surface s'éloignait de plus en plus, médaillon de clarté aussi dansant qu'un mirage.

Et puis, au plus profond de ses fibres, quelque chose se réveilla.

Brusquement, le froid disparaît.

Le contact avec l'eau glacée devient supportable, comme si Mila venait d'enfiler une combinaison étanche.

Ses membres se mettent à bouger d'une façon bien étrange, avec des mouvements qu'elle ne reconnaît pas. Ce corps qui ne lui appartient plus nage vers la surface.

Aveuglée de terreur, elle arrive à sortir de la résurgence, se hisse à quatre pattes hors de l'eau.

Un visage lui apparaît alors, rien qu'un instant, parmi les rigoles d'eau qui ruissellent devant ses yeux et troublent sa vue. Elle croit apercevoir des traits de femme, encadrés par des cheveux noirs, exprimant une si grande peine que Mila la ressent immédiatement, à l'intérieur, dans ses muscles tétanisés. C'est une demande de pardon et un sentiment de renoncement à la fois, le passage d'un fardeau, présage d'une plus grande épreuve à venir. Confusément, Mila partage ce chagrin dont elle ignore l'origine, mais qui se grave dans sa mémoire.

Puis elle s'ébroue et, pendant les quelques instants de conscience qui lui restent avant de s'évanouir, cela lui paraît étrange.

2

Les voix semblaient sortir de nulle part.

– Ils ont eu de la chance.

– Si vous appelez ça de la chance…

– Vous savez bien que, dans la région, on est régulièrement confrontés à des attaques de ce genre. C'est comme des vagues. Par rapport à ce que j'ai pu voir dans le passé, votre fille s'en sort relativement bien. La morsure est superficielle.

– Ce sont des loups ?

– Plutôt des chiens sauvages, je dirais.

– Je vois.

– D'habitude ça arrive plus haut, dans la montagne, à des randonneurs. Plus rarement à des chasseurs, ils ont leurs chiens avec eux pour les défendre. Je me souviens, une fois c'est arrivé à des vendangeurs.

– Elle va garder des séquelles ?

– Physiques, aucune. Je trouve même que la plaie cicatrise à une vitesse étonnante. Quant aux conséquences psychologiques, c'est difficile à prévoir. Mais dans ce domaine, vous en savez sans doute plus que moi...

Sans bouger, Mila ouvrit les yeux.

D'emblée se retrouver enfermée dans une chambre d'hôpital la mit mal à l'aise. L'esprit encore embrumé, elle se surprit à penser que les murs vert pâle et les chaises en plastique étaient d'une laideur sans appel.

Elle observa la silhouette de sa mère, qui hochait la tête devant un médecin à la barbe blanche comme sa blouse.

Rien qu'à ce mouvement, elle pouvait imaginer sa mine préoccupée.

– Maman, souffla-t-elle.

Sa mère se retourna et, sans un mot, la prit dans ses bras.

Le médecin attendit quelques instants avant d'écarter doucement la tendresse maternelle et de se pencher sur Mila, pour observer ses pupilles.

– Ça va, jeune fille ?

– Et les autres ?

– Tout le monde va bien, ils sont réveillés depuis longtemps, la rassura le médecin. Si tu ne nous avais pas rajouté une petite hypothermie au passage, tu serais déjà sur pied, toi aussi.

Mila referma les yeux pour retenir ses larmes. Soudain, tout lui revint à l'esprit. Le rendez-vous à la résurgence, le brouillard, l'attaque des chiens, l'eau glaciale. Bizarrement, le premier sentiment qu'elle éprouva fut de la culpabilité.

Comment avait-elle pu imaginer un seul instant sa vie sans Ludo et Tristan ?

Mes frères, pensa-t-elle. Ils sont comme mes frères.

Aussitôt les années passées ensemble remontèrent à la surface, envahissant sa tête de souvenirs qui se superposaient, dans le désordre. Les jeux, les fous rires, les délires partagés. La nature obéissante qui semblait se plier à leurs souhaits.

Non, leur complicité n'avait pas disparu. Elle s'était endormie, un temps. Prête à se réveiller, dès qu'ils auraient besoin l'un de l'autre.

– Je peux les voir ?

– Félix est rentré à la maison avec ses parents. C'est lui qui a donné l'alerte, tu sais. Mais Tristan et Ludo ont voulu attendre le réveil de la belle au bois dormant, murmura sa mère avec un sourire. Ils sont juste dehors, ajouta-t-elle, en jetant un œil au médecin.

Le docteur acquiesça, avec une pointe d'indifférence, et il entrouvrit la porte.

Tristan entra le premier, l'épaule bandée, les cheveux en bataille.

Ludo le suivait de près, le bras en bandoulière, pâle comme un linge.

Ils se regardèrent tous les trois, sans un mot.

Ils savaient, maintenant.

Ces morsures n'étaient pas un hasard.

Elles étaient un signe.

Elles venaient leur rappeler les liens qui les unissaient.

Ils ne gâcheraient pas ce cadeau inespéré. De cette complicité retrouvée, ils feraient quelque chose.

Rosalie est une imbécile, pensa Mila. Et tandis qu'elle refermait les yeux et que son esprit reprenait sa course dans un brouillard d'impressions et d'images chaotiques, de tout son être, de ses yeux noirs, de ses cheveux frisés, de son visage couleur cannelle, elle sourit à ses uniques, vrais amis sur terre.

Le matin se levait au bord de la résurgence.

Tapie dans les broussailles, la femme ouvrit les yeux d'un mouvement sec des paupières.

Elle observa ses deux compagnons, déjà réveillés. Affamés, ils s'étaient jetés comme des bêtes sauvages sur les gâteaux abandonnés la veille par les jeunes gens qu'ils avaient mordus. Ils étaient revenus là pour ça. Manger.

La femme ne put réprimer un mouvement de dégoût.

Pendant des années, elle avait partagé avec ces deux hommes des réveils engourdis, remplis de visions et de cauchemars. Ils se levaient chancelants, presque incapables de marcher à nouveau, avec la sensation de ne plus reconnaître leur propre corps. Les premiers temps, la sensation de puissance avait été enivrante. Mais au fur et à mesure, les traces de la sauvagerie qu'ils portaient en eux devenaient de plus en plus effrayantes. L'emprise de la voix, inexorable.

Maintenant c'était fini. Elle éprouva un grand soulagement en se disant qu'elle ne les verrait plus. Jamais. Elle partirait loin, très loin. La vie recommencerait.

Et pourtant, la liberté avait un goût amer, ce matin.

Des enfants, se dit-elle, mon Dieu, des enfants.

Et puis, Stella. Laissée derrière eux comme un tas de viande déjà putride, un accident de parcours. Son amie Stella, condamnée à une vie d'errance et d'emprisonnement.

La femme frissonna et se frotta les yeux pour chasser les images d'horreur qui l'assaillaient.

Maximilien, petit et ridé comme un gnome, l'appela de sa voix grinçante.

Elle se leva pour le rejoindre, refusa la canette qu'on lui tendait.

– Nous n'aurions pas dû les mordre. Ils sont trop jeunes.

– On n'avait pas le choix, ma cocotte, dit le troisième homme, un grand maigre avec les cheveux mi-longs.

– Et Stella… Nous l'avons abandonnée…

Maximilien haussa les épaules.

– Il n'y a plus de Stella. À l'heure qu'il est, c'est de la bouffe pour chiens.

– Elle n'a qu'à s'en prendre à elle-même, renchérit le grand maigre. Attaquer des chasseurs, avec une meute de bêtes pour les défendre ! Quelle idiote !

Maximilien hocha la tête, approuvant l'analyse de son compagnon.

– Elle a failli nous faire tous tuer, cette dingue, cracha l'autre pour conclure, avec dégoût.

La femme se tut. Elle savait que Stella avait peur, si peur de rater le jour de la délivrance qu'en tombant sur un chasseur isolé, elle avait essayé de le mordre. Elle n'avait pas pensé au fusil chargé, aux limiers qui les auraient pris en chasse.

Elle voulait tellement retrouver sa vie.

Mais le coup de fusil qui l'avait blessée avait rameuté les chiens. Après, ç'avait été la course, la filature, la fatigue, la panique de ne pas y arriver, et ces jeunes, là, juste en travers de leur chemin, comme un cadeau inespéré. Leur dernière chance.

– Des enfants. Ils ne comprendront pas.

– Parce que tu crois que moi, à l'époque, j'ai compris ? fulmina le maigre. On ne choisit pas, c'est comme ça. C'est leur destin, maintenant, ce n'est plus le mien.

– On va les retrouver, suggéra Maximilien. Ils auront besoin de conseils, avant qu'ils n'arrivent à se maîtriser.

– Je vais les aider, dit la femme. On leur doit bien ça. Seuls, ils ne seront pas assez forts.

– Tu te charges de tout ? demanda le troisième homme, avec l'espoir de pouvoir déguerpir au plus vite.

– Je me charge de tout, confirma la femme.

Satisfait, son compagnon ne prit pas la peine de la remercier. Il finit sa canette d'une traite et la jeta dans les buissons.

– Je vais pisser, dit-il avec son sourire tordu. Et puis c'est tchao, les gars.

Il contourna la résurgence et disparut dans la végétation.

La femme et Maximilien se concertèrent. Ils décidèrent qu'elle resterait dans le coin. Elle parlerait aux trois jeunes, en choisissant chacun de ses mots attentivement, pour ne pas les effrayer. Sûrement, au début, ils ne la croiraient pas. C'était toujours ainsi.

Maximilien parlait posément. Elle opinait, concentrée.

Ce fut le silence qui les alarma.

Ils n'entendaient plus la présence du maigre derrière les buissons.

– Il s'est déjà taillé, le salaud, murmura Maximilien.

Et pour confirmer son intuition, il suivit ses pas.

Ce fut un instant. Dès qu'il eut contourné les buissons, il vit le sang, le corps du maigre renversé comme un énorme pantin, les membres déchiquetés. Au même moment, il sentit la morsure à la gorge. Il ne l'avait pas entendue venir. Il n'eut pas le temps de crier.

Dans un silence irréel, la chienne rousse lui trancha la jugulaire d'un coup de canine.

Lorsque le corps de Maximilien cessa d'être secoué de convulsions et s'immobilisa dans une flaque rouge, elle releva ses babines tachées de sang.

Sa blessure à la patte suintait un pus jaunâtre.

Son pelage était recouvert d'une matière gluante, qui lui donnait l'aspect d'une bête de l'ombre, tout juste sortie des entrailles de la terre.

Sans un bruit, elle se dirigea vers la résurgence.

La femme se redressa, chancelante.

D'instinct, elle tenta la fuite.

La chienne n'eut aucun mal à la rattraper. D'une bourrade, elle l'envoya valdinguer sur le sol caillouteux et l'immobilisa au-dessous d'elle.

La femme fixa les pupilles de l'animal, deux fentes noires qui coupaient les iris d'un jaune brillant, puits sans fond et sans trace d'humanité, pur instinct de chasse, de traque, de mort.

Elle sut que Stella n'était plus là.

À sa place, vivait une bête déchaînée.

Les enfants, pensa-t-elle dans un éclair de panique. Ils n'auraient personne pour les guider dans un avenir qu'ils ne pouvaient pas soupçonner.

Stella les pourchasserait.

Aucun d'entre eux ne survivrait.

Mais la chienne rousse ne lui laissa pas le temps d'imaginer ce qui attendait les remplaçants.

Les yeux fixes dans ceux de la femme, elle se pencha et sans hâte dévora son visage.

3

– Tu es sûre que tu veux déjà retourner au lycée ?

– C'est bon, maman. Je vais bien.

– Tu as subi un choc, Mila. Tu es en plein déni.

Mila détestait lorsque sa mère lui sortait son jargon psy. Retourne à tes patients, pensa-t-elle sans le dire, et laisse-moi faire mon sac tranquille.

– Et Ludo et Tristan, ils savent que tu repars ?

– Ils n'ont pas besoin de le savoir, ils ne me fliquent pas, eux !

Sa mère fit la moue et ne répondit pas.

Mila se sentit injuste. S'il y avait bien une chose que sa mère n'avait jamais faite, c'était de la fliquer.

D'une démarche à peine claudicante, elle attrapa deux t-shirts dans son armoire, les plia et les fourra dans le sac.

Puis, d'une voix plus douce, elle s'efforça de relancer la conversation.

– On a une dissertation sur table demain. Le prof a dit qu'il ne fallait surtout pas la rater.

– Bon, si tu veux, soupira sa mère. Mais si tu ne te sens pas bien, tu reviens à la maison. Tu as failli te faire dévorer par une meute de chiens. Alors, ta dissertation, si tu savais comme je m'en fous.

Mila sourit. Elle aimait quand sa mère ne jouait plus le parent responsable et arrêtait son langage d'émission télé sur le thème « Comprendre les ados ».

Son téléphone vibra sur la table de nuit.

Sa mère en profita pour s'éclipser dans le couloir et Mila attrapa son portable.

Le message – Ça va Milou ? – s'afficha sur l'écran.

Elle s'assit sur le lit pour reposer sa jambe blessée et réfléchir à la réponse.

Est-ce que ça allait ?

Elle n'aurait pas su dire.

Après avoir envoyé le SMS, Tristan entendit frapper à la porte.

Sa sœur Lucille passa la tête par l'embrasure et lança à la cantonade : On mange.

– On arrive, fit Tristan.

Il posa le téléphone, où la réponse de Mila tardait à arriver, et se tourna vers Félix.

Le jeune garçon était allongé sur son lit, silencieux, et le fixait avec des yeux immenses.

Depuis l'attaque, il n'avait presque pas dit un mot. La peur ne le lâchait plus. Son insouciance, envolée.

– Tu viens, Félix ?

L'enfant ne bougea pas. Ne détourna pas le regard.

Ce n'est pas le même, se surprit à penser Tristan. Depuis dix ans qu'il partageait sa chambre avec son frère, il ne l'avait jamais vu allongé, sauf quand il était sur le point de sombrer dans le sommeil. Et encore, ça lui était déjà arrivé de s'endormir debout.

Tristan avait passé ses quatre années de collège à mendier en vain un peu de tranquillité pour pouvoir faire ses devoirs sans partager son espace avec ce tourbillon permanent de frangin.

Maintenant, le silence et le calme qui régnaient dans sa chambre lui paraissaient lugubres.

Ce petit corps immobile ne pouvait pas être Félix.

Ces yeux hagards n'étaient pas les siens.

Tristan vint s'asseoir sur le lit de son frère et posa une main sur son épaule.

Le garçonnet frissonna et se recroquevilla tout près du mur pour fuir le contact. À contrecœur, Tristan retira ses doigts.

– Tu n'as pas faim ?

Félix dit non de la tête.

– Il faut que tu manges un peu. Les parents vont s'inquiéter.

Félix le fixa un long moment.

– C'est toujours ta meilleure amie, Mila ? finit par murmurer l'enfant d'une voix enrouée.

– Ben oui, répondit Tristan. C'est quoi cette question ?

– Alors je ne vais pas le dire, trancha Félix. À personne.

– Quoi ? relança Tristan, sur ses gardes. Qu'est-ce que tu ne vas pas dire ?

– Ce que j'ai vu, lâcha Félix.

– Et qu'est-ce que tu as vu ?

Félix vissa ses yeux étrangement déterminés dans ceux de son frère.

– Peut-être ça va t'arriver aussi, réfléchit l'enfant à haute voix. Comment tu te sens ?

– Je ne comprends rien à ce que tu dis, s'impatienta Tristan en se levant.

– Depuis les chiens, comment tu te sens ? insista Félix.

Tristan chercha ses mots et se rendit compte qu'il ne savait pas répondre.

Quelque part, lui aussi n'était plus le même. Il faisait semblant, mais ses tripes lui disaient qu'un sacré souci assombrissait l'horizon.

– Qu'est-ce que tu as vu, Félix ?

Son frère lui raconta.

Tristan écouta en silence, incrédule et pourtant troublé, en s'efforçant de mettre son récit sur le compte de l'imagination débordante d'un gamin.

La deuxième fois, Lucille entra sans frapper.

Du haut de ses douze ans, elle se planta devant eux, les mains sur les hanches.

– Vous êtes sourds ou quoi ? On mange !

En sortant de l'hôpital, Ludovic n'était pas rentré à la maison.

Bien entendu, le médecin avait prévenu son père de l'accident. Il en avait obtenu une réaction plus indifférente que fataliste. Oh vous savez, ça arrive à la campagne. Le docteur avait gardé Ludo deux jours en observation, avec les autres. Puis, après avoir attendu en vain que le père de son patient, tout de même mineur, se présente pour signer l'autorisation de sortie, le médecin avait permis à Ludo de repartir seul. Je vais bien, monsieur, faites-moi confiance, lui avait assuré le garçon en souriant. Après tout, il avait dix-sept ans. C'était un homme. Et pas fragile avec ça.

Inquiète, la mère de Mila l'avait vu s'éloigner le long de la route départementale, solitaire, la tête rentrée dans les épaules. Elle l'avait rattrapé, insistant pour le raccompagner.

Ludo avait décliné.

Tout ce qu'il voulait, maintenant, c'était être dehors, dans la campagne.

Seul.

Malgré le froid, il avait marché longtemps, jusqu'aux bords de la Vrille, qui coulait paisible en dévalant son chemin pentu de trous d'eau et de pierres plates. Il se demandait même s'il n'irait pas dormir dans la ruine du moulin, plutôt que de rentrer chez lui. Il n'avait aucune envie, ce soir, d'entendre son père le traiter de crétin.

Le jour de l'accident, son paternel, comme l'appelait Ludo, avait insisté pour qu'il l'accompagne à la chasse avec les copains. Maintenant, il pouvait logiquement s'attendre au refrain habituel, puissance dix. Si t'avais eu un fusil, ces foutus clébards, ils t'auraient pas mordu, petit con !

Mais ce n'était pas seulement le désir d'éviter son père qui le poussait à rester dehors.

Il y avait autre chose.

Sur un seul point, le paternel avait raison. À la campagne, les attaques de chiens, ça pouvait arriver. Il n'y avait rien d'exceptionnel là-dedans. Côté morsures, Ludo en avait vu d'autres, entre le bâtard du voisin, les braques de chasse et les dobermans de garde qu'il avait croisés lors de ses menus larcins.

Mais jamais il n'était tombé dans les vapes.

Or, à la résurgence, Ludo, Mila et Tristan avaient tous perdu connaissance. Cet évanouissement collectif n'était pas normal. Et puis, ainsi abandonnés, sans défense, la gorge offerte, ses amis et lui-même auraient dû se faire amocher sévèrement. Pourquoi les chiens errants avaient-ils lâché prise si vite ? Ça n'avait pas de sens.

Il aurait dû se sentir un miraculé, mais non, il était seulement très inquiet. Ce déroulement inhabituel des événements ne lui semblait pas le signe d'une quelconque chance ou d'une destinée bienveillante.

C'était juste très bizarre, et cela ne lui plaisait pas.

Ludovic ne croyait pas aux bonnes étoiles. Il croyait aux emmerdes. C'était l'expérience qui parlait.

Et les emmerdes, il valait mieux les affronter plutôt que d'attendre qu'elles te tombent dessus.

D'un coup, Ludo bifurqua et coupa à travers les vignes.

Peut-être qu'en retournant sur le lieu de l'accident, il trouverait une explication valable.

Les gyrophares éclairaient la nuit de leur lumière artificielle.

Ludovic aperçut de loin les taches bleuâtres qui entouraient la Résurgence des Loups et ralentit le pas, écrasé par une sensation de menace qui devenait de plus en plus tangible, épaisse.

En approchant, il découvrit que le lieu était désormais entouré de bandes blanches et rouges qui délimitaient un périmètre de sécurité cerné par des projecteurs. Des équipes de secours s'affairaient autour d'une file de véhicules garés sur le chemin.

Ludo s'approcha lentement, caché par l'obscurité et l'agitation des hommes au travail.

Lorsqu'il fut suffisamment proche de la résurgence pour distinguer le reflet sombre de l'eau, il regarda à l'intérieur du périmètre éclairé et arrêta de respirer.

Des morceaux de corps gisant dans des flaques de sang tapissaient les abords de l'étang. Les visages des victimes étaient défigurés, méconnaissables. Autour des cadavres, trois officiers de la police scientifique recueillaient des indices avec sérieux et impassibilité.

– Ludovic !

En entendant son nom, le jeune homme expira d'un coup l'air de ses poumons.

Un gendarme s'approchait de lui à grandes enjambées.

– Qu'est-ce que tu fous ici, toi ?

Ludovic reconnut un ami de son père, bon chasseur, bon buveur, qui ne faisait pas dans les sentiments. Le copain idéal du paternel.

– T'as vu ce bordel ? On dirait le travail d'une meute des loups, hein ?

L'homme fit glisser son regard sur le bras bandé de l'adolescent.

– Il paraît que tu t'es fait attaquer, toi aussi. Ton père nous en a touché deux mots. Il faut qu'avec les copains on s'en occupe, je te dis ! Saleté de bâtards.

– C'est… les mêmes ? murmura Ludo en observant à nouveau le carnage.

Ça lui paraissait impossible.

Non.

En fait, c'était impossible.

– Tu ne vas pas me croire, proclama le gendarme en faisant durer le suspense.

Le garçon se tourna vers lui.

L'ami du paternel prit une grande inspiration, puis lâcha le morceau.

– Une seule bête ! Une seule ! On compte encore les morceaux mais il y a au moins trois morts dans le tas.

Et partout la même dentition, tu comprends ! Un satané chien, un, je te dis. Ça fout les jetons, hein ?

C'était le mot, pensa Ludovic. Les jetons.

Un frisson se propagea dans son dos.

Sans préavis, la peur le submergea.

Et avec la peur, un vieil instinct oublié, tapi à l'intérieur de ses fibres, soudain se réveilla.

Dans son corps, au plus profond, une vanne s'ouvre.

Ses oreilles se ferment. Les bruits extérieurs, la voix du gendarme, le ronronnement des moteurs disparaissent.

Dans le silence qui se fait dans sa tête, une voix émerge.

Fiche le camp. Maintenant.

Ludovic s'exécute.

Sans saluer, il tourne le dos au gendarme et s'enfuit en courant.

Au début, il trébuche. Il voit à peine.

La voix devient plus puissante, elle le guide le long du chemin abrupt qui grimpe vers les hauteurs.

Cours.

Ludovic ne pense plus. Sa conscience le quitte. Sans le savoir, il se déshabille. Il n'a pas froid. Ses yeux voient de mieux en mieux dans l'obscurité, ses pas se font plus assurés, sa course plus rapide.

Ses craintes s'estompent. Le sentiment d'être lui-même et un autre à la fois le remplit d'un souffle nouveau. Son corps puissant se fond dans la campagne. Aucune hésitation dans ses mouvements, aucune maladresse. Il maîtrise la nuit.

Ses sens se dilatent, il entend des bruits lointains, respire un air chargé de mille odeurs qui lui racontent la vie de la forêt. Autour de lui, le sous-bois vibre de présences tapies dans l'ombre, Ludo les sent trembler sur son passage, effrayées, respectueuses.

Il grimpe sur un rocher qui domine la vallée, observe la campagne s'étendre en contrebas, masse indéfinie qu'il arrive à comprendre, percer, ressentir.

Ici, dans son corps, il n'éprouve maintenant aucune peur. Jamais plus de peur.

La voix le pousse dans un renfoncement de la roche.

Là-dedans.

Ludovic baisse la tête, se glisse dans sa cachette, en renifle l'intérieur. De ses ongles, il gratte pour creuser une niche.

Il frotte son dos contre la roche, s'enroule en boule.

Il pose son museau sur ses pattes avant.

Sa respiration ralentit.

Ses yeux verts restent ouverts, à l'affût.

Dans ses pupilles dilatées brillent de lointaines images. Une bribe de conscience. Le souvenir d'un autre corps et de sa métamorphose.

4

Dans le car du lundi matin, Rosalie accueillit Mila avec une mine narquoise.

– Passé un bon week-end ?

Mila considéra un instant l'hypothèse de lui raconter qu'elle avait été mordue par un chien errant.

Mais sans lui laisser le temps de répondre, Rosalie enchaîna sur la description détaillée de son propre dimanche.

C'était souvent le cas, avait remarqué Mila. On lui posait une question sans attendre la réponse. La plupart du temps, ça l'arrangeait.

Elle ravala donc son récit, s'affaissa sur le siège du car et se laissa bercer pendant le restant du trajet par les fadaises sans intérêt de Rosalie. Elle savait quoi, machine avait raconté à bidule qu'elle était sortie avec truc, délire, non ?

Délire, répondait de temps en temps Mila en mode pilote automatique.

Les sièges sentaient le faux cuir mouillé, et une vague odeur de mandarine, écœurante, flottait dans le car, entre les visages endormis et des silhouettes plongées dans une semi-conscience étourdie, ballottée par les virages.

Une heure plus tard, Mila était assise à sa place, une feuille blanche devant elle.

Les mêmes visages somnolaient dans la classe, dodelinant au-dessus de corps avachis, étrangement encombrants.

Guilleret, le prof dictait l'énoncé de la dissertation : Est-ce par la conscience que l'homme se différencie de l'animal ? Vaste débat, semblait dire le sourire ironique de l'enseignant, qui contemplait ses élèves avec la tentation de situer un certain nombre d'entre eux dans la deuxième catégorie. C'était bien pour ça, d'ailleurs, qu'il avait choisi ce sujet, même s'il ne correspondait pas au niveau de sa classe. Il avait bien le droit de se faire plaisir, de temps en temps.

– Allez-y, lança-t-il lorsqu'il eut terminé, et la classe s'ébroua mollement sur les chaises.

Mila joua avec le stylo, en essayant de maîtriser le vague sentiment de nausée qu'elle éprouvait depuis le matin.

Et puis, alors qu'elle levait la feuille et la regardait en contre-jour comme si elle contenait un mystère à déchiffrer, son regard tomba sur Ivan Moss.

Depuis sa place, il la fixait d'un œil mauvais.

Dès qu'il vit qu'elle le regardait, Ivan ramena ses cheveux gras en arrière, sortit la langue et lui fit un geste provocateur. Un piercing gris en forme de minuscule tête de mort vibra dans la pénombre moite de sa bouche, puis ses lèvres s'étirèrent dans un rictus de satisfaction. La première provoc de la journée était arrivée à bon port, il y avait de quoi se sentir requinqué.

L'événement, en soi, n'avait rien d'exceptionnel.

Depuis le début de l'année, Ivan harcelait Mila avec une constance admirable. Il y avait d'abord eu les blagues, puis les gestes obscènes, et enfin, ouvertement, les insultes racistes. Mila refusait de réfléchir à comment ça aurait pu évoluer, voire dégénérer. Quelque part, rentrer dans la spirale de la peur, c'était donner à Ivan un pouvoir sur ses pensées que pour rien au monde elle ne consentirait à lui accorder. Il en aurait fait sans aucun doute un très mauvais usage.

Alors, généralement, Mila essayait de l'ignorer. Parfois, elle ne pouvait pas s'empêcher de grimacer de dégoût. Mais dès que ce pauvre type, avec ses allures de psychopathe et son sadisme en herbe, sortait de son champ de vision, l'esprit de Mila se forçait à l'oublier, dans l'instant.

Face à son indifférence manifeste, Ivan redoublait d'inventivité pour la persécuter.

Après tout, redoubler, c'était un peu sa spécialité.

– C'est parce que tu le bottes, répétait Rosalie.

Et Mila ne savait plus de quel côté placer l'idiotie, du côté de son amie franchement pas très futée, ou de celui de cet énergumène qui, peut-être bien, ne savait exprimer son intérêt qu'à travers ses provocs machistes et débiles.

Pourtant, même si elle y était habituée, lorsqu'elle vit cette langue visqueuse se tendre vers elle durant la dissertation sur table et vibrer comme la tête d'un serpent venimeux, chargée de menaces et de violences à venir, Mila, cette fois, ressentit distinctement le danger et quelque chose à l'intérieur de son corps se révolta.

Sans qu'elle en ait conscience, ses lèvres se retroussèrent sur ses dents et, la bouche parcourue par un frisson, Mila grogna.

Ivan afficha d'abord une tête incrédule. Puis il éclata de rire.

– Putain, c'est vraiment un singe ! hoqueta-t-il à voix haute dans la classe silencieuse. Elle grogne !

Et Mila ne réfléchit plus.

Sous les regards de ses camarades et du professeur, figés de stupeur, elle se leva d'un bond, se jeta sur Ivan, fit valser tout ce qui se trouvait sur son banc et planta ses dents dans l'épaule du garçon.

À travers le tissu de la polaire, elle sentit la chair se rétracter sous ses incisives.

La sensation de pouvoir la galvanisa. Au lieu de lâcher prise, elle enfonça ses dents plus profondément.

Enlacés, ils tombèrent au sol, en entraînant une chaise dans leur chute, roulant sur le carrelage, enchevêtrement de corps, de tissus, de métal, de feuilles et de stylos qui tombaient.

Horrifié, Ivan s'agitait convulsivement, en criant de douleur et en essayant de se libérer.

Mila n'entendait pas ses hurlements. Elle sentait à peine que des mains tentaient de l'arracher de sa proie.

Dans un dernier éclair de conscience, elle se dit qu'elle ne lâcherait pas. Jamais.

Puis, tout au fond de sa tête embrumée, une voix résonna.

Fuis. Maintenant.

Mila relâche ses mâchoires.

Ils ne doivent pas te voir.

Elle se lève en sursaut. Le professeur voudrait l'arrêter, elle ne lui en laisse pas le temps, l'esquive et s'enfuit dans le couloir.

La voix insiste, devient plus autoritaire.

Sors. Dehors !

Mila regarde à droite et à gauche, en panique, comme une bête traquée, pourchassée par le crescendo d'exclamations qui a éclaté dans la classe.

Elle court.

Les portes se succèdent dans le couloir. À l'intérieur, une masse humaine indistincte travaille pliée sur les tables.

Les talons des professeurs résonnent sur le carrelage. Des chuchotements se poursuivent d'un banc à l'autre.

Des miasmes d'odeurs inconnus arrivent à ses narines, soudainement précis, puissants.

En quelques instants, sa perspective change, son pas s'accélère.

Elle sème ses habits, dérape par moments sur le sol glissant.

Elle voit un surveillant qui vient à sa rencontre au fond du couloir, le visage déformé par la surprise.

Évite-le, ordonne la voix.

Mila obéit, esquive la rencontre avec le pion en s'engouffrant dans la porte qui mène aux toilettes.

La fenêtre est ouverte. Le vent frais est un soulagement pour ses sens. La couleur du ciel l'invite à la fuite.

Sans hésitation, Mila saute sur le rebord de la fenêtre. Premier étage sur rue. Dangereux. Mais faisable. Elle regarde le trottoir, en contrebas. Évalue la distance, la puissance.

Saute, commande la voix.

L'atterrissage est brutal, Mila roule sur le goudron, gémit.

Mais elle se relève, rien de cassé, recommence à courir.

La ville l'agresse. Les voitures, les klaxons, le regard apeuré des parents baladant des poussettes.

Doucement, elle réduit la vitesse de sa course. Trottant d'un pas constant, elle renifle les alentours, à la recherche de la direction à suivre.

Elle aperçoit un parc, ses arbres modestes secoués mollement par le vent.

Sentir la terre à la place du béton sous ses pas lui procure un immense plaisir. Après la puanteur des échappements, elle savoure l'atmosphère plus légère.

Elle lève le museau vers les dernières feuilles jaunes qui tournoient dans l'air. Elle en attrape une et la mâche, joueuse, jusqu'à ce qu'un bruit grinçant lui fasse dresser les oreilles.

Au milieu d'un parterre, une silhouette ramasse des branchages avec un râteau.

Cache-toi, suggère la voix.

Mila se glisse sous un talus broussailleux, silencieuse.

Elle attend, en écoutant les grincements réguliers du râteau au sol, les voix à l'entrée du parc, le ronronnement de la ville, en fond sonore.

Sa respiration ralentit.

Elle n'a plus peur.

Protégée par un rideau de verdure, elle se sent bien, en paix.

Doucement, sans s'en rendre compte, elle s'endort.

Le proviseur débarqua dans la classe avec la tête déconfite du général des troupes en perdition.

Le pion et le professeur entouraient Ivan qui, la main crispée sur l'épaule, avait tombé son masque de dur à cuire et en faisait des tonnes pour souligner sa souffrance et son indignation.

– Elle m'a bouffé l'épaule, la salope ! pleurnichait-il sans retenue.

– Calme-toi, Ivan, murmura le professeur, un brin pâlot.

– Mais qu'est-ce qui se passe ?

– Une agression, Bernard. Une élève en a mordu un autre.

– Mordu ?

Le professeur grimaça un sourire pour cacher son malaise, sidéré qu'un simple sujet de dissertation sur l'animal suffise à déclencher un combat de fauves dans sa classe. En prenant la résolution ferme de ne jamais plus s'écarter du programme ministériel, il hocha la tête, légèrement déprimé.

– Je n'en croyais pas mes yeux. J'ai été tellement pris de court que je n'ai même pas réagi tout de suite. C'est une élève tranquille, d'habitude.

– Mon cul, tranquille, gueula Yvan. Une putain de malade !

– Si je peux me permettre, cette école devient une vraie jungle, protesta le pion.

Le proviseur et le professeur soupirèrent à l'unisson, tandis que le surveillant insistait avec ses récriminations.

– Je ne dis pas ça pour dire, mais en venant ici, vous savez ce que j'ai vu passer au fond du couloir ? Qui se baladait dans l'école, tranquille… Un animal, monsieur le proviseur, un animal !

– Comment ça, quel animal ?

– Ben, je sais pas trop, mais une grosse bête, quoi ! Comme un chien… C'est pas croyable, non ?

5

– Viens là, le mouton.

Tristan leva la tête vers son patron. Hugues Baudet, des Menuiseries Baudet.

– Ben oui, c'est toi que j'appelle. Va falloir couper cette tignasse. On dirait un mouton pas tondu. Va aider Bouton d'or à décharger le camion.

Tristan ne répondit pas.

Il lâcha le balai et traversa l'atelier de menuiserie où il effectuait son stage. C'était comme ça depuis la rentrée, une semaine au lycée pro, trois semaines à l'atelier. Balayer, ramasser les chutes de bois, décharger les planches des camions. Parfois le patron l'envoyait même faire ses courses, et ensuite l'engueulait parce qu'il avait acheté du beurre doux, un beurre de lopettes, et pas du demi-sel.

– On se dépêche, le mouton ! On n'a pas toute la journée.

À l'intérieur, Tristan sentit que la coupe devenait dangereusement pleine. Il s'efforça d'y mettre un couvercle et de rejoindre le camion, où Juan, l'autre apprenti, avait commencé le déchargement.

Lorsqu'il passa près du patron, celui-ci en profita pour décoiffer sans grâce les boucles désordonnées de Tristan, qui lui descendaient jusqu'aux yeux.

– Matez-moi ça. Une vraie gonzesse.

Tristan se dégagea brusquement.

S'il me touche encore une fois, je l'égorge, pensa-t-il dans un éclair de haine. Mais il inspira profondément pour se calmer et sentit que la tension dans son corps retombait.

Depuis toujours, Tristan savait maîtriser sa colère.

Il avait été un petit enfant calme, un élève attentif, un adolescent réfléchi.

S'il aimait tant les bois, c'est parce qu'à ses yeux les arbres représentaient la force de la quiétude, solidement enracinés, imperturbables face à l'agitation humaine.

Les arbres. Quelque part, il aurait aimé être l'un d'eux.

À la place, il déchargeait des planches de contreplaqué pour les Menuiseries Baudet.

La meilleure façon de détruire une vocation.

– Il est de mauvais poil, le patron, souffla-t-il à Juan.

– Tu l'as déjà vu de bonne humeur, toi ? rétorqua son camarade, le visage marqué par une acné féroce qui, aux yeux de Hugues Baudet, était une intarissable source d'inspiration pour exercer ses talents d'humoriste.

Avec difficulté, les deux jeunes déchargèrent et transportèrent la première planche jusqu'au centre de l'atelier.

Elle était beaucoup plus lourde qu'elle n'en avait l'air. Tristan sentait ses muscles et les articulations de ses doigts arrimés au contreplaqué se tendre dans l'effort. Sous le bandage, les points de sa récente blessure à l'épaule tiraient douloureusement sur la peau. Et il y en a un camion plein, se dit-il en s'efforçant de mettre un pas après l'autre avec une légère angoisse qui montait. Un camion plein. Ma blessure va se rouvrir.

Chancelant sous le poids, ils s'arrêtèrent devant le patron.

– On met ça où, chef ? grimaça Juan, le souffle court.

Tristan vit le visage de Hugues Baudet s'éclairer d'une petite lumière de malignité devant leurs têtes tordues de fatigue.

Il gratta un de ses ongles et, en prenant tout son temps, répondit :

– Ça va les filles ? Pas trop lourd ?

Sans préavis, la coupe déborda.

Tristan largua la planche, dont une extrémité s'écrasa au sol avec un bruit assourdissant.

Juan, déstabilisé, lâcha prise à son tour, en reculant avec un sursaut.

La planche rebondit au sol et finit par renverser une pile de lamelles de bois, qui s'étalèrent en avalanche sur le sol de l'atelier.

Passant de la malignité à la fureur, le patron s'élança vers Tristan et l'attrapa par une oreille.

Mais au moment même où l'homme effleurait sa peau, Tristan sentit que son corps ne lui répondait plus.

Sa main qui n'était plus sa main intercepta le mouvement de Hugues, serra son poignet avec une force qui n'était pas sa force et d'une voix qui n'était pas la sienne lui murmura :

– Si tu me touches encore une fois, je te tue.

Le patron blêmit, la main emprisonnée dans celle de son apprenti, qui lui tordit le bras jusqu'à le faire gémir de douleur.

Puis, sans un mot de plus, Tristan libéra Hugues Baudet et quitta l'atelier.

Il marche dans une rue déserte du village de Malazuc. Il est quinze heures.

Cours, lui souffle la voix.

Mais Tristan résiste.

Il peut, il doit se calmer. Il sait que s'il se calme, la voix disparaîtra.

Il avance machinalement, un pas après l'autre. Son corps est une corde tendue qu'il s'efforce de ne pas lâcher.

D'une main hésitante, il défait le cadenas qui attache son scooter.

Non, ordonne la voix. Reste loin des machines.

Tristan ferme les yeux pour la chasser de sa tête. Il ne veut pas écouter. Il enfourche le scooter et s'élance sur la route.

Des crampes tordent son ventre, il doit se concentrer pour

ne pas céder à la tentation de se plier en deux, là, tout de suite. Il s'accroche au guidon, accélère. Il quitte le village, s'enfonce dans la campagne, attaque la montée qui mène aux Brujas. Les lacets se succèdent. Le vent lui fouette le visage et emmêle furieusement ses cheveux. L'air froid lui procure un instant de répit. Il a oublié le casque. Pas grave. Il veut juste rentrer à la maison, s'allonger, se cacher de cette menace obscure qu'il sent croître partout autour de lui, en lui.

Des bois défilent maintenant des deux côtés de la route.

Arrête-toi, lui dicte la voix.

La tentation est grande de s'abandonner, suivre ses ordres, larguer le scooter et s'enfoncer dans le sous-bois humide, odorant de feuilles mortes, de champignons.

Tristan observe ses mains qui commencent à se crisper sur les freins.

L'effort de volonté pour résister lui arrache un gémissement.

Le scooter fait une embardée, manque de se renverser. Tristan sent distinctement la vanne de l'adrénaline s'ouvrir et relâcher un flot d'hormones dans son corps. Son cœur accélère, ses yeux s'ouvrent grand sur la route. Obéissant à l'instinct de survie, la voix s'assoupit dans sa tête, y laissant un brouillard opaque.

Tristan rejoint le hameau des Brujas. Le fil de ses pensées s'enroule sur lui-même, il n'arrive pas à réfléchir.

Il aperçoit le toit de sa maison, freine, descend du scooter et le lâche au bord du chemin.

Dès que l'engin s'écrase sur le talus, la voix recommence à lui dicter ses consignes.

Ne rentre pas. Fuis.

Non, dit Tristan haut et fort. Non.

Pénétrer dans la maison est un déchirement.

Elle est déserte. Ses parents à la boutique. Son frère et sa sœur encore à l'école.

Tristan met un pas après l'autre comme un condamné au bûcher, avec une lenteur infinie, pendant que la voix lui martèle les méninges.

Qu'est-ce qui m'arrive ? se répète-t-il en boucle pendant qu'il tente d'atteindre sa chambre. Qu'est-ce qui m'arrive ?

Dans la chambre, une chaleur impossible gagne son corps, les habits brûlent sa peau. Il faut qu'il se déshabille, il le faut, tout de suite. Les murs l'oppressent, les objets familiers lui paraissent étrangers, et même repoussants. Nu, il s'allonge sur le dos, par terre, recherchant la froideur du carrelage comme un soulagement.

L'angoisse l'envahit, il tente une dernière fois de récupérer ses esprits. Il a l'intuition que c'est sa dernière chance. S'il s'abandonne, il ne pourra plus revenir en arrière.

C'est alors qu'il entend une clé tourner dans la serrure de la porte d'entrée. Les petits reviennent de l'école.

Cache-toi ! crie la voix dans sa tête. Maintenant !

Cette fois, elle est plus forte que lui.

Soudain, Tristan se cabre, se retourne en sursaut et se

recroqueville avant de se glisser sous le lit, les yeux grands ouverts, à l'affût.

Il entend les pas de son frère dans les escaliers, la voix de sa sœur qui l'appelle.

Lorsque la porte de la chambre s'ouvre, il retient sa respiration.

– Tu vois, il n'est pas là, grimace Lucille, revendicative.

– Mais alors son scooter sur la route… murmure Félix.

– Je sais pas, il a dû le laisser là ce matin. Peut-être qu'il n'a pas démarré.

– Non, dit Félix. Ce n'est pas ça.

– Oh tu me soûles. On verra bien ce que diront les parents, conclut Lucille avant de lui tourner le dos pour redescendre à la cuisine.

Félix ne la suit pas.

– Tu viens goûter en bas ? lui lance-t-elle du couloir.

– Non, répond le garçon.

Lucille disparaît dans le couloir.

Depuis sa cachette sous le lit, Tristan voit les pieds de Félix faire quelques pas dans la chambre. Les odeurs que l'enfant dégage lui racontent sa journée, la boue ramassée par ses semelles le long du chemin, le chou de la cantine, l'humidité du manteau mouillé, la note acidulée des bonbons échangés à la récré.

Sous le nez de Tristan, la main de l'enfant ramasse son t-shirt, puis tâte légèrement son pantalon abandonné par terre. Ses gestes trahissent sa perplexité.

Un instant de calme absolu.

Puis, dans le silence, la voix de Félix l'appelle, tout doucement.

– Tristan ?

En guise de réponse, Tristan halète, en sourdine.

Félix entend, se fige.

Très lentement, comme s'il avait peur de ce qu'il pourrait découvrir, l'enfant se penche et regarde sous le lit.

Ses yeux noisette rencontrent ceux de Tristan.

Félix n'a pas le temps d'avoir peur. Dans son dos, la porte se réouvre brusquement. Lucille balance un plateau avec un bol de lait et une tartine sur le bureau.

– Room service pour monsieur.

Félix se redresse en sursaut, avec une expression tellement égarée que Lucille s'en inquiète.

– Ben, qu'est-ce que t'as ?

L'enfant tarde à répondre. Il reste planté là, vaguement tremblotant.

Lucille le scrute, inquisitrice.

– Tu caches quelque chose ?

Mais il suffit que sa sœur fasse un pas en direction du lit de Tristan pour que Félix retrouve sa langue.

– Je viens... je viens de me souvenir d'un truc. Tristan m'a dit qu'il rentrerait tard ce soir. Il sortait... avec des amis.

– Quels amis ?

– Je sais pas... Il a dit de ne pas l'attendre pour le dîner. J'avais oublié.

La méfiance de Lucille se transforme rapidement en dédain.

– Eh ben. C'était bien la peine de me faire tout ce cirque pour son scooter ! T'es grave…

Dès que sa frangine ressort, Félix s'empresse de fermer la porte de la chambre.

À nouveau, il entend les halètements de Tristan résonner tout bas.

Sans se rapprocher, avec précaution, l'enfant s'agenouille pour regarder encore une fois sous le lit.

Non, il n'a pas rêvé.

Son frère est là.

Félix et Tristan s'observent ainsi pendant un long moment. Le premier à genoux, les cheveux effleurant le sol, digérant une surprise qui au fond n'en est pas vraiment une. Le deuxième roulé en boule, apeuré, si différent, et pourtant lui-même.

– C'est toi, Tristan… ? Qu'est-ce qui t'arrive ?

Avec des gestes mesurés, Félix finit par se relever, chercher le bol de lait et le glisser sous le lit en direction de son frère.

Tristan recule en gémissant, sur ses gardes.

– Vas-y, l'encourage Félix. Ne t'inquiète pas. Je ne dirai rien.

Tristan tend son museau. De sa langue râpeuse, il goûte le lait, se met à laper.

– Je vais descendre pour occuper Lucille. Tu peux rester là.

La porte se referme après le passage de Félix. La chambre se vide de ses odeurs, de ses sentiments contradictoires.

Tristan repose la tête par terre, entre ses pattes.

Il savoure le goût sucré resté dans sa bouche, le silence, la chaleur de sa propre respiration qui réchauffe agréablement sa cachette.

Son esprit divague, mêlant vieux souvenirs et nouvelles sensations, les peurs anciennes et un récent sentiment de bien-être, simple et immédiat. Bercé par les pérégrinations inconscientes de son âme, doucement, il s'endort.

6

– Qu'est-ce que c'est que ça…

La voix incrédule de Lucille résonna tout bas dans la chambre de ses frères, éclairée par le soleil naissant.

Le matin était limpide, sans brouillard.

D'habitude, Tristan se levait en premier. Lucille ouvrait un œil en entendant son aîné rouspéter contre Félix, qui passait avec nonchalance d'un sommeil de plomb à une hyperactivité incontrôlable.

Les trois enfants étaient habitués à partager ce moment, comme tant d'autres dans la journée. Les parents étaient de vagues silhouettes de passage, debout depuis des heures, souvent déjà sortis, cela dépendait des commandes. Parfois, Lucille entendait un bruit de douche à l'étage, l'odeur du café dans la cuisine, le ronronnement du moteur qui s'éloignait, autant de signes de leur présence discrète. Cela suffisait à la rassurer. Pour le reste, il y avait Tristan.

Mais ce matin, la chambre des garçons était restée silencieuse.

Lucille s'était réveillée en sursaut, alertée par ce calme inhabituel. Elle avait parcouru pieds nus le couloir, écoutant le claquement des volets que le vent cognait contre la façade.

Doucement, elle avait entrouvert la porte.

Félix dormait.

Tristan, lui, n'était pas dans son lit.

À la place, un bruit étrange provenait de sous le sommier. Une sorte de ronflement régulier dont l'écho se réverbérait entre le carrelage et les lattes du lit.

Lucille était tout sauf une peureuse. Plus encore que rationnelle, elle avait surtout hérité du bon sens terre à terre de sa grand-mère, aussi sourde des oreilles qu'imperméable à l'angoisse. Leur manque absolu d'imagination les mettait à l'abri de redouter quoi que ce soit qui ne se trouvât pas sous leurs yeux.

Ce fut donc avec une certaine sérénité que Lucille se pencha et regarda sous le sommier.

Immédiatement Tristan perçut sa présence, arrêta de ronfler et se réveilla d'un coup.

D'un geste maladroit il renversa le bol de lait, dont le reste se renversa sur les piles de magazines et les habits abandonnés qui jonchaient le sol.

Lucille recula, choquée.

– Mais qu'est-ce que tu fais là, Tristan ?

Tristan observa son corps. Ses mains. Ses jambes. Son sexe.

Tout lui revint d'un coup, la dispute à l'atelier, sa rage, la course en scooter, la transformation. Il passa ses doigts sur son visage, partagé entre l'anxiété des invraisemblables souvenirs qui remontaient à la surface et le soulagement de redécouvrir ses traits d'homme.

– Alors, là, c'est de pire en pire, râlait Lucille. Tu as dû te mettre la tête fichtrement à l'envers, avec tes potes ! Pour finir à poil sous le lit ! À ronfler comme un ivrogne ! N'importe quoi !

Félix se réveilla à son tour et se leva d'un bond, tandis que Tristan s'extirpait péniblement de sous le sommier et attrapait le premier chiffon à portée de main pour cacher sa nudité.

Sous le feu intense des suppositions de Lucille, les deux frères se regardèrent, l'un guettant dans les yeux de l'autre la confirmation du secret qu'ils partageaient.

Lorsque Félix marcha dans la flaque de lait avec une suprême indifférence, Lucille arrêta ses récriminations, fronça la bouche de dégoût et leur tourna le dos, en leur balançant une conviction intime qui n'avait plus besoin d'être prouvée par les faits.

– Les garçons, c'est vraiment tous des crades.

Et elle leur claqua la porte au nez.

Le vent qui s'engouffrait dans le renfoncement de la falaise effleura le visage de Ludovic. Bercé par sa caresse, le garçon se réveilla doucement et s'étira, dans un état de bien-être profond. Il avait dormi très longtemps, bien plus qu'il ne pouvait l'imaginer.

Les sentiments puissants de sa métamorphose, la force, la peur, la menace, avaient disparu. Restaient juste la faim, et une lucidité étonnante sur ce qui s'était produit l'avant-veille.

Bien au chaud dans son abri de fortune, Ludovic prit le temps de savourer ses souvenirs.

Loin de l'inquiéter, la mémoire de son corps animal le remplissait d'énergie, et même d'orgueil.

Lorsque la faim le poussa à sortir de la petite grotte où il s'était réfugié, il frissonna, se rendit compte de sa nudité et se surprit à regretter la fourrure qui l'avait protégé pendant les heures les plus froides de la nuit.

Le mistral fouettait son corps pâle, presque aveuglant dans le soleil.

En espérant ne pas tomber sur un promeneur, encore moins sur un chasseur, Ludo sillonna à rebours le trajet qu'il avait parcouru dans la nuit. Il se souvenait de chaque pas, de chaque bond. Dans son corps d'homme, il se sentait engourdi et maladroit, mesurant la différence avec l'agilité animale qui lui avait permis de franchir tous les obstacles.

Il eut la chance de retrouver quelques-uns des habits qu'il avait semés en chemin. Ils s'étalaient dans le sous-bois, humides de rosée, parcourus par les traînées aléatoires des limaces.

Dans la poche de son pantalon, il découvrit, intact, son téléphone.

Au milieu de la campagne, dans l'odeur des feuilles mortes et du bois mouillé, l'objet lui parut totalement incongru.

Les deux petites filles se tenaient par la main et regardaient droit devant elles, sérieuses et concentrées.

– Tu crois que c'est une fée ? demanda la plus jeune à sa copine.

– Elle s'est perdue, tu vois bien, acquiesça l'autre, tout à fait certaine de la nature féerique de la créature qu'elles contemplaient.

Lorsque Mila ouvrit les yeux, les deux enfants s'enfuirent immédiatement. Elles essaimèrent vers leurs nounous, regroupées autour de la fontaine.

Mila tarda à comprendre où elle se trouvait. La niche végétale où elle s'était réfugiée lui procurait un sentiment de paix.

Puis elle frissonna et, avec le froid, la mémoire revint, lui coupant le souffle. Elle avait mordu, fugué, disparu. Elle enserra ses jambes parcourues de tremblements, se demandant comment elle pourrait rejoindre l'internat, complètement nue.

Et pourtant, derrière le voile de son inquiétude, quelque chose pulsait, régulier, apaisant, une sorte de joie élémentaire d'être en vie, à l'abri, de respirer l'air froid d'un matin sans nuages.

À travers le feuillage, elle vit le groupe de nounous discuter de façon animée avec un jardinier de la mairie. Les deux petites filles acquiesçaient, sérieuses. Puis l'une d'elles fit un geste dans sa direction, et tous les adultes se tournèrent vers le buisson qui lui servait de repaire.

Dès que sa mère entra dans la pièce encombrée du commissariat, tout devint miraculeusement simple. Elle serra Mila dans ses bras et le froid qui se nichait encore dans les os de la jeune fille fondit à l'instant.

– Madame… ? demanda un policier.

– Angèle Koré, répondit la mère de Mila.

– Vous reconnaissez la jeune fille ici présente, Mila Koré ?

– Oui, dit-elle d'une voix soulagée. Je la reconnais.

Rapidement, le passé fut clarifié, l'avenir planifié.

Protégée par la présence de sa mère, Mila se laissa glisser dans un état de semi-conscience. Elle entendit des bribes de conversation dont elle peinait à recoller les morceaux. Lycée. Proviseur. Morsure. Possible dépôt de plainte. Fugue. Internat. Traumatisme récent.

Cela lui importait si peu. Se concentrer ne valait pas la peine. Ils n'avaient pas besoin de sa collaboration pour accomplir leur tâche. Elle se laissa donc habiller, reconnaître, interroger, en opposant à leur agitation administrative une très grande placidité.

Non, elle n'avait subi de violences de la part de qui que ce soit. Elle n'avait fait aucune mauvaise rencontre.

Elle avait dormi dans le parc. Oui, elle avait eu de la chance.

Bercée par le brouillard qui avait élu domicile dans son esprit, Mila ne vit pas le temps passer, jusqu'au moment où elle se retrouva assise dans la voiture de sa mère, et elle claqua la portière. Le son métallique la fit sortir du cocon ouaté dans lequel elle s'était réfugiée. Le monde reprit ses couleurs, le temps recommença à s'écouler.

Elle regarda sa mère comme si elle la voyait pour la première fois.

– Ça va ? lui demanda Angèle.

– Je sais pas, avoua Mila avec un demi-sourire.

– Allez, on rentre. Tu me raconteras après.

Chemin faisant, histoire de gagner du temps dans les explications à venir, sa mère lui dit ce qu'elle savait déjà. Elle avait toujours fait ça, réalisa Mila. Au lieu de demander, Angèle commençait à parler la première, avec exactitude, comme si elle tenait à lui montrer l'exemple.

Mila apprit ainsi que la veille elle avait mordu et blessé son camarade de classe Ivan Moss, avant de prendre la fuite. On avait retrouvé certaines de ses affaires abandonnées dans les couloirs du lycée. La police les avait analysées, sans résultat. Les recherches entreprises n'avaient abouti à aucune piste sérieuse. Puis, au cours de la matinée suivante, Mila Koré avait été retrouvée cachée dans un buisson d'un jardin public. Nue.

Sa mère s'accrochait à son langage administratif. Elle ne disait rien sur l'angoisse qui avait dû l'enserrer pendant la fugue. Elle n'en avait pas besoin pour que Mila sache. Elle savait déjà. Dans le passé, cela lui était arrivé d'inquiéter sa mère. À chaque fois, elle avait regretté.

Mais cette fois, elle ne se reprochait rien. Elle n'avait pas pu faire autrement.

Sa mère se tut, et le silence s'installa dans la voiture.

– Je vais passer en conseil de discipline ? demanda Mila d'une voix neutre.

– C'est probable.

Angèle lui jeta un coup d'œil furtif.

– Tu ne veux pas me parler ?

Mila réfléchit à la question.

– Pas maintenant, répondit-elle au bout d'un moment.

Sa mère n'insista pas.

Pendant que le paysage urbain laissait place aux champs qui s'étalaient sur les premières collines, contrefort des montagnes, un bruit familier résonna sur le siège arrière.

Mila se tendit vers le tas d'affaires que sa mère avait récupéré au commissariat. En tâtonnant, elle finit par trouver son téléphone. Et lorsqu'elle lut le SMS de Tristan, elle comprit subitement qu'ils auraient des choses à se raconter.

Rdv au Moulin. 15 heures ? Milou tu peux rentrer ? C urgent.

Ludovic reçut le SMS alors qu'il rentrait chez lui en catimini. C'était l'heure du déjeuner. Dans la cuisine, son père était attablé devant un repas rapide, rudimentaire. Pain, fromage et une bonne rasade de vin rouge.

L'alerte sonore du message reçu révéla sa présence au chien du paternel, qui aboya mollement, sous la table.

– Ludovic, l'appela son père sans se lever.

Dans le couloir, le garçon soupira. Obligé de se montrer, il s'avança dans la cuisine, où un feu brillait dans la grande cheminée.

– Pa', marmonna-t-il sans conviction.

Son père prit le temps de mâcher son bout de pain. Ses cheveux blancs avant l'heure lui avaient valu le surnom avec lequel il était connu parmi ses copains de chasse. Le Gris.

Le braque qui était couché à ses pieds, Baco, le grand privilégié, le seul autorisé à suivre son maître à l'intérieur de la maison, grogna en sourdine.

Plus d'une fois Ludovic avait ressenti, sans l'ombre d'un doute, qu'aux yeux du paternel, son fils unique comptait moins que le chien. Plus jeune, cette certitude avait été une souffrance. Maintenant, elle ne le blessait même plus. Il s'était habitué à l'idée. Le chien était plus important, c'était dans l'ordre des choses.

Devant le grognement de Baco, Ludo fixa ses yeux sur la bête en éprouvant l'envie soudaine de découvrir ses dents en retour. Cette fois, étrangement, son regard fut suffisant à faire taire l'animal, qui se réfugia sous une chaise avec une plainte étouffée.

– Alors ils t'ont lâché à l'hosto ?

– Ben oui.

– Fais voir.

Surpris par la demande de son père, l'adolescent ne bougea pas, sur ses gardes. Sans les bandages, qu'il avait enlevés comme tout le reste pendant la nuit, la blessure au bras était à découvert.

– Fais voir, j'ai dit !

Ludovic approcha de la table, souleva la manche et montra la trace recousue de la morsure.

Brusquement le Gris empoigna la main de son fils et l'attira vers lui pour regarder de près.

Ludovic se raidit. Le contact avec cet homme lui était désagréable. De sa vie entière, la main du paternel ne lui avait rien réservé de bon.

– C'est que dalle. Je le savais. Tous des cons, les docteurs, fit le père, avant de relâcher son fils de mauvaise grâce.

Une montée de colère traversa Ludovic, qui respira pour se calmer et s'empressa de recouvrir sa blessure. La tension émanant de son corps n'échappa pas au braque, qui poussa un gémissement craintif.

– Qu'est-ce qui t'arrive ? râla le paternel à l'adresse du chien.

Puis il leva le regard vers son fils et grimaça un sourire ironique, un brin mauvais.

– C'est vrai que tu sens le fauve.

Sans un mot, Ludo lui tourna le dos et quitta la cuisine, résistant avec effort à la tentation de lui trancher la jugulaire.

7

La ruine du moulin s'érigeait le long de la Vrille, dans le creux d'un vallon sans soleil. À l'orée de la clairière, un châtaignier imposant perdait ses feuilles dans un déchaînement bruyant de mistral.

Mila s'approcha de l'entrée de la bâtisse.

– Milou, je suis là.

Comme à son habitude, Tristan l'attendait.

Depuis leur enfance, il arrivait toujours en premier aux rendez-vous. C'était un as de la ponctualité. Un garçon-réveil.

– Salut Tristan.

À l'intérieur du moulin, Mila retrouva la vieille cuisine délabrée qui avait abrité tant de leurs jeux enfantins. Cela faisait des années qu'elle n'y avait pas remis les pieds. Pourtant tout était pareil que dans son souvenir. En plus petit, peut-être. Leurs dessins maladroits salissaient encore les murs décrépis. C'était leur monde.

– Ils ne t'ont pas fait d'histoires au lycée pour te laisser partir ?

– C'est plus compliqué que ça…

Alors que Tristan allait à sa rencontre, Mila aperçut Félix dans un coin de la pièce, immobile contre le mur. Le garçonnet la dévisagea sans un mot. Encore plus que son silence, son immobilité frappa Mila.

– Ça va, Félix ?

Il ne répondit pas et continua à la fixer, la mine grave.

Tristan interrompit leur échange de regards en venant lui faire la bise.

– Je suis content que tu aies pu venir, lui souffla-t-il, tout bas, près de son oreille.

Ce fut à cet instant que la voix de Ludovic résonna sur le pas de la porte.

– Tu es déjà rentrée de la ville, Mimile ? C'est cool.

Dès qu'il pénétra dans la cuisine, Mila et Tristan aperçurent un changement d'atmosphère, comme une modification dans la qualité de l'air. L'un comme l'autre se tournèrent vers Ludo, les sens en alerte.

Ludovic les observait, détaillant leur attitude, si proche, si complice. Il connaissait bien ce sentiment d'exclusion qui l'envahissait. C'était le même qu'il ressentait enfant, lorsqu'il avait l'impression que Tristan comprenait Mila mieux que personne, davantage que ce qu'il aurait jamais réussi à faire.

Il tenta d'ignorer ses émotions et s'avança dans la pièce. Mais en découvrant à son tour la présence de Félix, il ne cacha pas son mécontentement.

– Encore avec lui ? Mais tu fais nounou en permanence ou quoi ?

– Cette fois c'est différent. Ce n'est pas lui qui a besoin de moi.

Tristan hésita.

– C'est même plutôt l'inverse, finit-il par ajouter, mal à l'aise.

Ludo et Mila échangèrent un coup d'œil.

Tristan inspira profondément et se lança :

– Vous avez bien dormi, cette nuit ?

Les trois amis se turent un moment, et dans le silence, tout fut dit.

– Toi aussi ? demanda Mila à Tristan en brisant la glace.

Tristan acquiesça, et soudain Mila se sentit rassurée. Comme si le fait de se transformer en une louve agressive n'avait plus rien d'anormal. Puisque Ludo et Tristan aussi, où était donc le souci. Tout allait bien dans le meilleur des mondes.

Dans son coin, Félix se ratatina encore plus contre le mur, pendant que Tristan continuait ses explications.

– Quand les chiens nous ont attaqués à la résurgence, Félix avait grimpé sur l'arbre. De là-haut, il a vu la scène. Et il dit que… c'était zarbi.

Mila approcha du garçon.

– Tu peux nous raconter ? lui demanda-t-elle gentiment.

Félix acquiesça. Il mit un moment avant de trouver ses mots, puis sa voix aiguë résonna longtemps dans la cuisine délabrée.

– Ils étaient trois. Ils ont choisi chacun leur proie. Moi, je crois que ce n'était pas un hasard. Quand tu es tombée dans l'eau, ils se sont beaucoup agités, surtout le chien qui t'avait mordue. J'ai vu des bulles qui remontaient à la surface de la résurgence, et je me suis dit que tu allais sortir. Mais quand t'es ressortie, tu n'étais pas... la même. Je ne te voyais pas très bien, j'étais au milieu des branches, mais tu étais... bizarre.

– Comment ça, bizarre ?

– Comme si tu étais... un loup. Pour Tristan, hier soir, c'était pareil.

Félix fit une pause. Il regarda Mila et fut parcouru par un frisson involontaire. Tout le monde se taisait en attendant la suite.

– Quand je t'ai vue, j'ai eu très peur. Alors j'ai fermé les yeux très fort. Je les ai réouverts seulement quand j'ai entendu les chasseurs. Je les ai aperçus dans les vignes. Les trois chiens errants avaient disparu, en tout cas je ne les voyais plus nulle part. J'avais encore peur mais je me suis dit que si je courais très vite, je pourrais rejoindre les chasseurs en deux minutes. Alors je suis descendu de l'arbre et j'ai filé les appeler.

– Tu as été très courageux, acquiesça Mila.

Dans le silence qui suivit, le rire de Ludovic résonna

fort, réverbéré par les murs de la vieille cuisine, et les glaça, tous.

– Ça y est. On est devenus de dangereux loups-garous.

Mila l'observa, essayant de comprendre si Ludo se moquait de Félix ou s'il essayait juste de cacher son trouble.

– Depuis l'attaque, tu ne te sens pas différent ? l'interrogea Tristan.

– Moi, hier, au lycée, j'ai mordu un mec, intervint Mila à sa place. Ensuite j'ai passé la nuit dans un parc. Et je n'étais pas... moi.

– Moi aussi j'ai agressé quelqu'un, admit Tristan.

– Où ça ? demanda Ludovic, en se rappelant soudain les corps ravagés à la Résurgence des Loups.

– Mon patron, à l'atelier. Un connard, faut dire, ajouta Tristan comme pour s'excuser. Mais t'inquiète, je ne lui ai pas fait grand-chose.

Ludovic chassa l'image du carnage.

Pendant un moment, il hésita à leur avouer sa transformation.

Percevant ses doutes, Mila s'approcha de son ami d'enfance, taillé comme une armoire, et elle lui prit la main. À part la bise, à peine effleurée, cela devait faire des années qu'ils ne s'étaient pas touchés. Leur nouvelle pudeur avait effacé la complicité physique de l'enfance.

– Et toi ? Il ne t'est rien arrivé ? lui demanda-t-elle.

Ludo la regarda longuement. Il détailla les traits de son visage, ses fins sourcils qui lui avaient toujours paru dessinés au pinceau, ses lèvres pleines, ses yeux noirs, qui semblaient parler sans cesse dans une langue mystérieuse, long monologue constant qui l'ensorcelait, enfant, comme la voix du vent ou de la rivière.

Mimile.

Il l'avait toujours trouvée la plus belle fille du monde.

Il se souvint d'un après-midi d'hiver, six ou sept ans auparavant.

Sa mère était encore en vie.

Son père était le même salaud qu'aujourd'hui.

Après une scène particulièrement violente à la maison, Ludo s'était enfui et avait trouvé refuge auprès de Mila. Cela lui arrivait souvent. Chez les Koré, personne ne lui posait de questions. On se limitait à le recueillir, lui faire à manger, lui passer de la pommade au besoin.

Cette fois-là, il devait avoir l'air particulièrement secoué. Après le goûter, après la pommade, lorsqu'ils s'étaient retrouvés seuls dans sa chambre, Mila lui avait pris la main. Elle l'avait regardé intensément, elle avait approché son visage du sien. Et sans doute poussée par un profond mouvement de compassion, elle avait posé ses lèvres d'enfant sur celles de Ludo, une seconde peut-être, un baiser qui n'impliquait rien d'autre, un câlin spontané qui consolait, pansait et les avait fait sourire.

À dix ans, Ludo ne savait pas grand-chose de l'amour.

Mais ce jour-là, fait plutôt rare dans sa vie, il s'était senti aimé. Et cela avait suffi à le réchauffer à l'intérieur, pendant très longtemps.

Émergeant de son souvenir, aussi sonné que s'il avait reçu un coup de massue sur la tête, Ludo se retrouva dans la ruine du moulin, la main dans celle de Mila.

Pendant un instant, il crut qu'elle allait l'embrasser, aujourd'hui comme sept ans auparavant. Il l'espéra secrètement et s'efforça de ne pas bouger pour ne pas rompre l'enchantement.

Mila perçut son trouble. Mais au lieu de l'embrasser, elle retira sa main.

Sur les lèvres de Ludovic se dessina un petit sourire amer, le rictus du loup solitaire qui ne partage ni son chemin ni son territoire.

La nuit de sa métamorphose, pour la première fois de sa vie, il s'était senti aussi fort que libre, ne devant rien à personne. Unique.

Maintenant, l'attitude de Mila lui apprenait qu'il n'était pas le chef de la meute. Et il n'avait qu'une envie, fuir, loin d'elle, loin du regard de Tristan qui la comprenait mieux que ce qu'il n'aurait jamais pu espérer.

– Eh ben, désolé de vous décevoir, mais moi, j'ai mordu personne. Et cette nuit, j'ai très bien dormi. Ça faisait même des années que je n'avais pas aussi bien dormi.

Il leur tourna le dos et s'apprêta à partir.

– Attends, Ludo, l'appela Tristan, mais son ami était déjà sur le pas de la porte.

– Sonnez-moi quand vous aurez besoin de moi, concéda Ludovic avant de partir.

Et il sortit, sans un regard pour Mila qui ne tenta rien pour le retenir.

– Tu crois qu'il nous dit la vérité ? demanda Tristan, lorsque dehors les pas de Ludo se furent éloignés en craquant sur le lit de feuilles mortes.

– Moi je crois qu'il ment, affirma Félix qui n'avait pas bougé de son coin.

Les deux adolescents se tournèrent vers lui. Après avoir été gamin plus longtemps que prévu, le garçonnet avait grandi d'un coup.

– Il faut le rattraper, non ? proposa Tristan, hésitant.

– Laisse-le partir, murmura Mila, troublée. Il doit avoir ses raisons de se taire.

Les deux amis se regardèrent, soudain abasourdis, comme s'ils venaient juste de réaliser ce qui leur était tombé sur la tête.

– Tu as peur ? lui glissa Mila, se posant en même temps la même question, est-ce que j'ai peur, est-ce que je regrette d'avoir mordu cet abruti d'Ivan, d'avoir été exclue du lycée, d'avoir effrayé ma mère, d'avoir égaré ma conscience pour découvrir un autre corps, un autre pas, un autre regard sur ce monde.

– Non, répondit Tristan à sa place, en traduisant encore une fois ses pensées. C'est bizarre d'ailleurs. Je ne suis pas inquiet. Juste je me demande...

Il laissa sa phrase en suspens. Mila acquiesça. Elle aussi se demandait.

– J'ai envie de rentrer à la maison, dit Félix en quittant l'angle de la pièce où il semblait s'être réfugié, mal à l'aise, cerné par cette atmosphère de plus en plus lourde.

Il se dirigeait vers la porte lorsque Mila l'appela.

– Félix, j'ai une dernière question.

À contrecœur, Félix se tourna vers elle.

– Est-ce que tu as vu une femme près de la résurgence ?

– Pourquoi tu demandes ça ? s'étonna Tristan.

– Quand je suis sortie de l'eau, avant de m'évanouir, j'ai vu un visage.

L'enfant la fixa longtemps, de son regard sans concession, apeuré et à la fois écrasé par la responsabilité, seul témoin d'une situation délirante.

– Quant t'es tombée à l'eau, finit-il par répondre lentement, il n'y avait personne, à part vous et les chiens. Après, je ne sais pas, j'ai fermé les yeux...

– Merci, Félix, fit Mila dans un souffle.

L'enfant acquiesça brièvement et avant de sortir s'arrêta pour ajouter :

– Ne vous inquiétez pas. Je ne dirai rien à personne. Je n'ai pas envie que Tristan se retrouve en cage ou à l'asile des fous.

Et sur ces mots, il quitta le moulin.

Tristan et Mila s'empressèrent de lui emboîter le pas.

Ils empruntèrent le chemin caillouteux qui remontait vers la route, Félix devant, la mine inquiète, droit comme un i pour ne pas céder à la panique. Son frère et son amie derrière, à quelques dizaines de mètres, discutant entre eux.

– Tu dois retourner au lycée demain ? demanda Tristan.

– Non. Pour l'instant, je suis exclue pendant huit jours. Je vais sûrement passer en conseil de discipline.

– Tu as dû lui planter les crocs bien profond, à ton gars...

Ils eurent le temps d'échanger un sourire avant de se figer, traversés par la même question.

– Tu crois qu'on est contagieux ? Que lui aussi, maintenant... ?

La vision d'Ivan transformé en loup-garou écœura Mila, puis elle écarta l'idée, avec une certitude intérieure absolue.

– Je ne pense pas. Je l'ai mordu à travers ses habits, je n'ai même pas touché sa peau. Beurk... conclut-elle en imaginant le contact avec la surface grasse et boutonneuse du corps d'Ivan Moss.

– Moi, je n'ose même pas retourner à l'atelier. Hugues Baudet va me démonter la tête.

– Je ne lui conseille pas d'essayer, commenta Mila en se rappelant la fureur dont elle-même avait été capable. On est plus forts, maintenant.

Tristan comprit immédiatement ce qu'elle voulait dire.

– Oui. Il vaut mieux, pour lui, que je n'y retourne pas, acquiesça-t-il tandis qu'ils rejoignaient la route où les attendait le scooter.

Félix, lui, avait déjà enfourché son vélo et s'éloignait en pédalant vers le hameau des Brujas.

– On fait quoi maintenant ? lança Tristan à son amie en sortant la clé de son engin.

– On rentre, on dort. Et demain, on essaie de comprendre ce qui nous arrive, répondit-elle en se hissant à l'arrière de la selle.

Tristan approuva en silence et, d'un coup d'accélérateur, mit le moteur en route.

Et tandis qu'elle se laissait ramener à la maison, bercée par la vitesse, Mila se perdit dans ses pensées.

Plus haut sur la colline, près de la source de la Vrille, le bruit entêtant du deux-roues qui s'éloignait sur la route résonna longtemps, comme un insecte importun.

La chienne rousse, immergée jusqu'au garrot dans l'eau du torrent, ouvrit les yeux.

Lavé par le courant, son pelage retrouvait lentement sa couleur d'origine, aux reflets orangés. La boue, le purin, les grumeaux de sang étaient emportés vers la plaine. Sa blessure à la patte cicatrisait. Mais dans son esprit continuait de flotter un brouillard épais, autant d'images floues, qu'elle n'arrivait pas à mettre au point et qu'elle tentait inutilement de noyer dans l'eau glacée. D'instinct, elle savait qu'il n'y avait que le froid qui puisse l'aider à calmer la violence qui gonflait en elle.

En entendant le scooter, elle leva le museau et renifla l'air.

Soudain, elle sentit quelque chose remonter le long de la Vrille, une odeur ténue mais reconnaissable, qui ravivait sa colère.

Sans prendre le temps de s'ébrouer, elle s'élança en suivant le cours du torrent.

Au bout de sa course, elle aperçut le moulin.

La senteur y était très présente, presque violente.

C'était l'odeur de la meute.

Elle frappait puissamment ses narines et tordait ses boyaux, lui rappelant qu'elle était bannie. Des scènes brouillées de son passé, d'une étrange vie précédente, surgissaient comme autant de coups de couteau dans son esprit. Et au fond des yeux de l'animal, avec la rage, l'instinct de chasse grandissait.

Elle croyait les avoir anéantis. Elle découvrait maintenant qu'une partie de leur existence persistait et continuait de la tourmenter. Elle n'aurait de cesse de poursuivre ceux qui l'avaient reniée. Elle les pourchasserait. Un par un.

En reniflant attentivement, la bête enregistra l'empreinte olfactive de ses futures proies. Ses babines se retroussèrent dans un rictus vindicatif et un filet de bave coula sur le sol humide. Et en suivant la piste de leur odeur qui remontait vers la route, la chienne rousse commença sa traque.

8

Le brouhaha de la conversation à table, pourtant parcourue par une tension palpable, parvenait à Tristan filtré par la brume de sa conscience troublée.

Homme-loup.

Avait-il rêvé ?

Avaient-ils tous rêvé ?

Choqués par l'attaque des chiens errants, ils auraient pu être victimes d'une vision collective. C'était envisageable. Ou alors ils auraient pu avoir été intoxiqués par une substance hallucinogène. Il devait y avoir une explication logique, se tracassait Tristan, qui ne pouvait se résoudre à admettre la transformation qu'il avait pourtant ressentie dans sa chair.

Mais si en revanche, en dépit de toute vraisemblance, l'expérience avait été bel et bien réelle, comment et pourquoi se changeaient-ils en loups ? Quand aurait lieu la prochaine métamorphose ?

Il y avait de quoi flipper.

Et puis l'étrange attitude de Ludo augmentait son inquiétude. Que cachait-il ?

– Trois morts. En morceaux. Et tu te rends compte, c'est une seule bête, paraît-il, qui a fait ce carnage !

La phrase, prononcée par son père, se faufila dans les oreilles de Tristan et atteignit son cerveau, le réveillant de ses fantaisies.

– Carl, le gronda sa femme, en jetant un coup d'œil explicite à Félix, blême sur sa chaise. Tu fais peur au petit.

– C'est pour qu'ils sachent la chance qu'ils ont eue. Ils peuvent remercier le bon Dieu, nos fistons, et nous aussi. C'était au même endroit, pile à la résurgence ! Elle s'appelle pas des Loups pour rien, tiens.

– Que s'est-il passé à la résurgence ? demanda Tristan.

Avant que son père ne puisse lui répondre, sa mère intervint :

– Félix, va te mettre en pyjama. Lucille, tu l'accompagnes ?

– Il n'a pas trois ans, maman, il peut s'accompagner tout seul.

– Tu ne discutes pas, Lucille, tu accompagnes ton frère et c'est tout.

En râlant, Lucille se leva de table bruyamment et attrapa Félix par la main pour le traîner à l'étage.

Le garçonnet se laissa emporter comme un pantin, en adressant un regard aussi muet qu'alarmé à son grand frère.

– Alors, vous me racontez ? les relança Tristan.

Au lieu de lui répondre, ses parents le fixèrent d'un œil accusateur. Son père s'éclaircit la voix.

– Maintenant qu'on est seuls, va falloir qu'on parle, nous. Et sérieusement, annonça-t-il.

– Dis-moi d'abord ce qui s'est passé à la résurgence, insista encore une fois Tristan.

– Il s'est passé que Hugues Baudet m'a foutu la honte devant tout le monde à la boulangerie, perdit patience son père en haussant la voix. Il est rentré en criant que la prochaine fois qu'il te croisait il allait te dégommer la tête !

– Devant les clients, se lamenta sa mère.

– On peut savoir ce qui t'a pris ? continua son père. J'ai dû m'excuser à ta place.

– Tu n'aurais pas dû, répondit Tristan, d'une voix plus dure qu'à l'accoutumée.

Surpris, ses parents le regardèrent.

– Ce mec est une ordure, ajouta le garçon, déterminé. Ça fait deux mois qu'il me provoque. J'aurais dû réagir avant.

– Tu feras moins le malin quand il t'aura foutu sa main dans la gueule, relança son père, sans conviction.

– Je ne lui conseille pas d'essayer, répondit Tristan.

Et à son corps défendant, un rictus retroussa ses lèvres sur ses dents.

Sa mère en fit tomber sa fourchette. Elle l'observa, éberluée par la force et l'agressivité que pour la première fois elle découvrait dans son Tristan, son grand garçon si responsable et patient.

Sans qu'elle s'en rende compte, il avait changé.

Devant ce regard-là, où perçait douloureusement le regret de l'enfant qu'il ne serait plus jamais, la dureté de Tristan fondit comme neige.

Et pour ne pas montrer ses larmes, il se leva et sans un mot quitta la cuisine.

Plus tard, après avoir entendu ses parents monter à l'étage de leur pas fatigué, Tristan coinça Lucille dans la salle de bains, où elle se lavait les dents, en chemise de nuit.

Félix, lui, dormait déjà sous une vague couche de couvertures emmêlées.

– Tu sais, toi, ce qui s'est passé à la résurgence ?

– Hum hum.

– Alors ?

Lucille cracha dans le lavabo.

– Tout le monde en parlait au collège. Il y a eu une autre attaque de chiens sauvages. Martine racontait plein de détails glauques, comme quoi il y avait une femme avec le visage tout mangé, beurk...

– Qu'est-ce qu'elle en sait, Martine ? Elle dit peut-être n'importe quoi.

– Ben non, son père est gendarme. Le soir elle écoute à la porte ce qu'il raconte à sa mère. Du coup, elle connaît tous les détails des crimes en avant-première. Trop d'la chance.

D'un geste un tantinet théâtral, Lucille commença à se peigner, à son tour consciente d'être en possession d'informations que son frère ignorait. C'est ainsi que Martine devait se sentir, chaque jour. Quel pied.

– Et qu'est-ce qu'elle disait d'autre, Martine ?

– Il y a eu trois morts. C'est dingue car il s'agissait d'un seul chien, paraît-il. Et il a dévoré trois personnes. Ils sont tous là à se demander comment c'est possible, mais les traces des dents sont identiques. Martine dit que ça doit être un loup énorme. Tu te rends compte, un cadavre était carrément coupé en morceaux !

Secoué, Tristan hésita à poser la dernière question.

– Quand ? finit-il par demander.

– Dimanche soir, chantonna Lucille avec un dernier coup de brosse qui souleva un nuage de cheveux.

Tristan se tourna pour partir lorsqu'elle lui lança distraitement :

– Si tu veux, tu peux demander d'autres détails à ton copain.

Le garçon se figea sur place. Il se tourna à nouveau vers sa sœur.

– Quel copain ?

– Ben Ludo, balança Lucille, nonchalante. Le père de Martine dit qu'il l'a croisé ce soir-là. Même qu'il a trouvé ça bizarre… Tu me diras, revenir là où il s'est fait mordre, c'est pas trop normal. Un peu maso, le gars, non ? Moi, après ce qui vous est arrivé, j'aurais une de ces frousses de retourner à la Résurgence des Loups !

Le vent glacial lui fouettait le visage.

Dans un état second, s'efforçant de faire le vide dans sa tête, Tristan avait attrapé son blouson et enfourché son scooter.

Il roulait trop rapidement, indifférent au danger. La maison de Mila se détachait au bout du chemin, un kilomètre à peine. Il aurait pu venir à pied. Mais la vitesse l'empêchait de se laisser gagner par l'angoisse. C'était toujours ça de pris.

Autour de lui, les talus de la route brillaient d'une fine couche de givre, resplendissant dans la clarté de la nuit. Un ciel extraordinairement étoilé s'allongeait sur la voûte céleste, tandis que le bruit aigu du moteur déchirait le silence des champs.

Au cœur du bois, dans une touffe de végétation, des yeux jaunes s'ouvrirent soudain, réveillés par le bourdonnement métallique de l'engin.

En un instant, la chienne rousse fut debout, alerte. Elle s'élança vers un promontoire de roche, flaira l'air.

De son point d'observation, elle vit la silhouette lointaine de Tristan descendre de façon précipitée du scooter, l'abandonner devant une maison isolée et monter quatre à quatre les marches qui menaient à la porte d'entrée. Elle aperçut une figure féminine qui lui ouvrait en projetant un cône de lumière orangée sur les escaliers. Puis la porte se referma, emportant les deux jeunes.

Un grognement remonta dans la gorge de l'animal.

Dans sa conscience de prédateur, une idée clignota, vague, incertaine, lui rappelant des souvenirs qui n'étaient plus les siens. Elle les chassa et, avec un mouvement aussi fluide que silencieux, se glissa dans le sous-bois en direction de la maison.

– Elle n'est pas là, ta mère ? murmura Tristan tandis que Mila mettait de l'eau à chauffer dans la bouilloire.

Elle portait un pull blanc comme neige, qui lui donnait un air frêle et fatigué.

– Elle travaille.

– Tu lui as raconté ?

– Tu veux rigoler, déjà qu'elle me tanne pour que j'aille voir un psy. Si j'arrive en lui disant « Mais non maman, je vais bien, c'est juste que je suis un loup-garou », je suis bonne pour la camisole de force.

– N'importe quoi, ta mère ne ferait jamais ça, rétorqua Tristan avec une pointe de tristesse, en pensant que ses parents, oui, ils pourraient.

– Je sais, répondit Mila en baissant la voix. Mais elle ne va pas me croire, c'est tout. Elle va juste me ranger dans la case adolescente déséquilibrée. De toute façon, quoi que je fasse, elle a une explication toute prête. Elle n'a même pas à chercher, c'est toujours la même.

– Ton père ?

– Ben oui, acquiesça Mila. Elle est convaincue que je ne me remets pas de son abandon. Tu parles, j'étais un bébé !

Je vais te dire une chose, c'est elle qui n'accepte pas qu'il se soit barré. Moi, je suis très bien comme ça. Alors que ma mère, elle n'a plus de vie. Elle passe tout son temps à l'hôpital.

Soudainement, Tristan décida de rentrer dans le vif du sujet.

– Tu as entendu ce qui s'est passé dimanche soir à la résurgence ?

Mila le regarda sans comprendre. En quelques mots Tristan lui répéta le récit qu'il avait soutiré à Lucille. Il la vit pâlir dans son pull ivoire, devenir encore plus fragile.

– Tu ne vas pas t'imaginer que c'est Ludo qui a…

Elle s'interrompit. Tué, pensa-t-elle sans oser le dire, et sans réussir complètement à repousser le doute.

– Je n'en sais rien, répondit Tristan. Mais ça expliquerait pourquoi il n'a rien voulu nous dire.

– Je ne peux pas le croire.

– Il nous cache quelque chose, Milou. Ça, j'en suis sûr. Qu'est-ce qu'il est allé faire à la résurgence, d'après toi ?

Sans lui laisser le temps de réagir, Tristan enchaîna :

– Il n'a pas su contrôler ce qu'il faisait. Tu sais bien que ce n'est pas la première fois… sauf que là, c'était lui le plus fort.

– Il faut l'aider, bafouilla Mila.

– Il faut déjà qu'on comprenne comment maîtriser ce truc, conclut Tristan. Il y a sûrement une manière.

Mila ne répondit pas. Son esprit divaguait, envahi par les images violentes évoquées par les soupçons de Tristan.

Elle se demandait si elle aussi aurait pu tuer. Si on ne l'avait pas arrachée de force d'Ivan, l'aurait-elle assassiné ? Jusqu'où l'aurait menée cette nouvelle nature sauvage qui avait pris possession de son corps ?

– Que sommes-nous devenus, Tristan ? murmura-t-elle, et la bouilloire se mit à siffler.

La chienne rousse s'approcha lentement du scooter abandonné au sol. Elle renifla l'engin, enregistrant les odeurs, puis se tourna vers la maison et lentement, avec précaution, traversa le chemin qui menait à l'escalier.

Soudainement, deux lumières puissantes se braquèrent sur elle.

Aveuglée, la bête eut à peine le temps de se jeter en arrière, dans le fossé.

Une voiture la dépassa et alla se garer devant la maison. Une femme grande, aux longs cheveux noirs, en descendit et balaya la campagne d'un regard intense.

Tapie dans l'ombre, la chienne recula, alertée par un brusque changement d'atmosphère.

Dans la nuit étoilée, Angèle Koré observait la campagne endormie, sans peur.

Puis la porte d'entrée s'ouvrit dans son dos et l'expression sur le visage d'Angèle se radoucit immédiatement. Elle salua sa fille et son ami, quelques mots furent échangés et Tristan s'élança en courant vers son deux-roues.

Lorsque la chienne rousse sortit à nouveau son museau du fossé, elle vit le scooter s'éloigner et la porte se refermer sur la grande femme couleur de nuit et sa fille de blanc vêtue.

Son instinct de chasseur lui conseilla de ne pas se montrer. Point de précipitation. Éviter les faux pas. Depuis des millénaires, sa race savait que la patience est la première qualité du prédateur.

9

– Maman, attends !

D'un pas précipité, Mila rejoignit sa mère qui s'apprêtait à démarrer la voiture.

Dans la clarté du matin, les champs étaient parsemés de bancs de brouillard qui modelaient des clairs-obscurs de lumière laiteuse entre les vignes.

Essoufflée, la jeune fille ouvrit la portière et s'engouffra dans le véhicule.

– Tu peux me déposer au village ?

– Tu as fermé la maison ? rétorqua Angèle Koré en guise de réponse.

– Je crois, répondit distraitement Mila.

– Tu me diras, pour ce qu'il y a à voler, dit sa mère en haussant les épaules, sans amertume.

Et tandis que la voiture se mettait en route, elles échangèrent un sourire vaguement amusé.

Dans le fossé, les yeux jaunes étaient encore là, à l'affût. Ils avaient suivi la brève apparition des deux femmes en guettant, sans le trouver, le moment idéal pour attaquer.

Dès que la voiture s'éloigna le long du chemin, la chienne rousse émergea de sa cachette et s'approcha de la maison des Koré.

Dans le silence ouaté de la brume, elle fit le tour des murs, en fleurant une odeur fraîche qui titillait ses narines et attisait puissamment sa soif de vengeance. Elle finit par trouver une niche dans le mur, qui avait dû, dans le passé, abriter un tas de bois. L'endroit idéal pour un guet-apens. Elle se tapit dans l'ombre et se prépara à attendre, en fixant d'un œil fiévreux les langues de brouillard qui continuaient à se déplacer lentement, là dehors, comme un troupeau de blanches brebis indolentes.

Mila et Tristan s'étaient donné rendez-vous au café de la Guigne, qui tenait la seule échoppe de Malazuc.

L'endroit autant que la patronne valaient le détour.

Selon les dires des parents de Tristan, qui en savaient un rayon sur l'histoire de la commune, trente ans auparavant la Guigne s'était installée à Malazuc avec sa valise de jupes indiennes, ses déclarations farfelues tendance mystique et son drôle de surnom qu'elle assumait sans sourciller. Elle était originaire de la région, mais il paraissait probable qu'avant de jeter son dévolu sur leur village, elle ait parcouru le vaste monde en se cuisinant le cerveau avec tous les psychotropes disponibles sur les cinq continents. L'expérience lui avait laissé un éternel sourire un peu niais sur la figure, la capacité de dériver de discours en discours comme une pirogue sur le fleuve Amazone, et une connaissance très poussée des plantes et champignons qu'elle ramassait dans la montagne avec le flair d'un chien truffier. Quant aux animaux, la Guigne se sentait apparemment investie de la mission de recueillir et nourrir toutes les bêtes en perdition de la planète. Oiseaux tombés du nid, hérissons affamés, serpenteaux blessés, elle ne reculait jamais, dans l'inconscience et la bonne humeur. Car en dépit des multiples drogues ingurgitées dans ses jeunes années, la Guigne avait réussi la magie de vieillir sans s'aigrir.

Mila avait toujours aimé son café. Parfois elle venait s'asseoir là, sans raison. La porte était ouverte, que la patronne soit là ou en vadrouille dans la forêt. Le feu crépitait dans le poêle. Des centaines d'objets disparates encombraient chaque recoin. Derrière le comptoir, des bocaux remplis de graines et d'herbes séchées formaient une mosaïque de couleurs qui dégageait un subtil arôme de sous-bois humide. C'était paisible.

– Bonjour la Guigne, lança Mila en pénétrant dans la pénombre de l'échoppe.

Penchée sur l'évier, la patronne était très occupée à nettoyer la vaste étendue de cèpes qu'elle avait dénichés à l'aube sur les pentes boisées du Serre des Âmes.

– Quelle année, mais quelle année à champignons... Spores en folie, ma petiote. Regarde-moi ça !

Avec un sourire de politesse, Mila laissa la Guigne à son œuvre et rejoignit Tristan, déjà attablé devant la une du journal local.

Dès qu'elle se fut assise à ses côtés, Tristan fit glisser vers elle la double page du spécial qui titrait : *Sauvagement assassinés !*

Les photos des trois victimes campaient sous le gros titre.

La première montrait un homme chauve, au visage ridé.

Tandis que Mila observait ses étranges traits de lutin, Tristan lut

– « Maximilien Lagorce, 66 ans, employé des chemins de fer à la retraite, veuf, sans enfants ».

Le regard de Mila glissa sur la deuxième photo, qui représentait un long visage d'allure chevaline, encadré par de longues mèches de cheveux gras.

– « Lucien Tarot, 41 ans, ouvrier agricole originaire de Laval »...

Lorsque l'adolescente passa enfin à la troisième photo, elle se figea.

– ... « et Sidonie Gosselin, 27 ans, dont les parents étaient sans nouvelles depuis plusieurs années. Les recherches entreprises par les enquêteurs ont permis de retrouver le dernier domicile connu de la jeune femme, dans les hauteurs des Cévennes orientales ».

– C'est elle.

– Comment ça ?

– La femme que j'ai aperçue avant de m'évanouir. C'est elle.

– Tu es sûre ?

Au lieu de répondre, Mila s'arrêta longuement sur l'image de la jeune femme, aux cheveux bruns et au sourire épanoui. Contrairement aux autres, le portrait de Sidonie n'était pas tiré d'un photomaton anonyme, mais plutôt d'un cliché de vacances. Au-dessous de son visage bronzé, on apercevait un débardeur à rayures. Un bras inconnu entourait ses épaules, comme si une présence proche de la victime avait été expurgée de la photo par le maquettiste du journal, mais essayait encore, par-delà le temps passé, de retenir la jeune disparue dans le monde des vivants.

Mila se souvint du sentiment de chagrin qu'elle avait lu dans le regard de l'inconnue, au bord de la résurgence. À nouveau, sans qu'elle en comprenne l'origine, elle sentit son ventre se nouer.

Une main se posa alors doucement sur son épaule, et Mila perçut une secousse électrique se propager dans son corps, tandis qu'une voix dans son dos murmurait : La pauvrette.

Tristan, lui, sursauta sur la banquette.

La Guigne s'était approchée en silence de leur table pour regarder à son tour les photos de trois victimes.

– Elle était bien mignonne, Sidonie, se désola la patronne. Mon Dieu que c'est triste.

– Vous la connaissiez ?

Pour une fois, la Guigne ne souriait pas. Elle gardait même le cap dans ses pensées, ce qui était chez elle assez inhabituel.

– Oh, ici la Guigne connaît tout le monde, petiot. Ça faisait trois ou quatre ans que Sidonie vivait là-haut, sur le Serre. Au début, elle descendait parfois à Malazuc, mais c'était de plus en plus rare. Et puis il y avait sa copine, la Stella. Toujours collées ensemble, un pas l'une, un pas l'autre. Un peu nerveuse, la petite Stella. Pas comme Sidonie, qui était toute gentille. Inquiète mais gentille. Dis-moi ce qui ne va pas, bichette, je lui demandais. Et elle me lançait alors un de ces regards de désespoir, mon pauvre, je te raconte pas. Un regard du fond de l'enfer. Mais elle ne répondait pas. Au revoir la Guigne, qu'elle me disait. Et elle repartait par la porte, avec la Stella aux trousses.

Un silence gêné flotta dans le café tandis que la patronne hochait la tête de dépit.

– Si au moins elle s'était confiée, ajouta-t-elle enfin avec un léger tremblement dans la voix. J'aurais pu l'aider… Maintenant, c'est trop tard. Oh, je m'en veux tellement, si vous saviez.

– Mais vous n'y êtes pour rien, tenta Tristan, mal à l'aise.

– J'aurais dû insister, regretta la Guigne. Même si elle ne voulait pas de mon aide.

– Vous savez où elle habitait ? osa demander Mila.

– Un peu que je le sais. C'est mon coin à girolles à moi. Remarque, je dis des girolles mais il y a plein de trompettes aussi. Et des pieds-de-mouton, c'est bon les pieds-de-mouton. Avec les trompettes, c'est délicieux. À la poêle, tu mets de l'ail, et hop hop, dans le bidon. Mais là-bas il y a aussi les mauvais, hein, les champignons pas-touche que je les appelle, ils donnent mal à la tête, ceux-là, et plein d'autres trucs qu'il vaut mieux éviter. Un jour vous viendrez avec moi, je vous les montrerai. Pour pas se tromper…

Mila et Tristan échangèrent un coup d'œil alarmé. Si la Guigne s'aventurait sur le terrain des champignons, elle était capable de leur tenir la jambe pendant un bon moment.

Mais sans attendre une réaction de leur part, la patronne du café balada son regard affligé sur la une du journal et retourna illico au sujet précédent.

– Un sacré souci, qu'elle avait, Sidonie. Je les sens, ces choses-là, vous savez. Je les sens très bien.

Elle ferme les yeux, le visage soudain figé par l'angoisse.

–La prochaine fois, je n'aurai pas peur, murmura-t-elle d'une voix blanche.

Puis la Guigne se secoua et retourna vers l'évier.

– Vers le col, au lieu-dit de La Loubière, laisse-t-elle tomber doucement. C'est là qu'elle vivait.

Tristan et Mila n'eurent pas besoin de se concerter pour savoir ce qu'il leur restait à faire.

– Mais bon, marmonna encore la Guigne en s'emparant de sa brosse à champignons, je ne sais pas ce qui me prend de vous raconter tout ça. Après tout, ce n'est pas vos oignons. Enfin, j'espère, ajouta-t-elle avec un bref regard appuyé que Mila, l'espace d'un instant, trouva étrange.

Puis, recouvrant son sourire, la patronne recommença à nettoyer les cèpes qui attendaient près de l'évier, en mâchouillant en paix son inoffensif grain de folie.

Un peu que c'est nos oignons ! se répétait Mila dans sa tête, en s'amusant à imiter la Guigne, pendant que le scooter de Tristan slalomait sur les tournants qui grimpaient vers le col du Serre des Âmes.

L'apparition du visage de cette femme au moment de l'attaque renfermait un secret, réfléchissait la jeune fille. C'était une piste. Et pour le moment, s'ils voulaient remonter à l'origine de leur transformation, ils n'en avaient pas d'autres. C'était donc absolument, indiscutablement, leurs oignons.

La montagne qu'ils attaquaient était la même qui, dans son versant le plus abrupt, dominait la Résurgence des Loups. Mais on ne pouvait y accéder par la route qu'en contournant les falaises, le long d'un itinéraire sinueux qui traversait des bois sombres et humides.

Tristan conduisait avec application, prudent, et Mila, assise derrière lui, laissait son esprit divaguer.

Femme-loup. Au plus profond de son corps, elle sentait que la faille menant à sa nouvelle nature s'élargissait, gagnant du terrain. Et Mila laissait faire, acceptant sa part de sauvage comme elle s'abandonnait, indolente, aux virages de la route.

C'était tellement agréable de se laisser porter que lorsque Tristan freina pile devant le panneau « La Loubière », Mila eut la sensation de se réveiller.

Le hameau montait vers le col, parsemant la façade de la montagne d'une dizaine de maisons en pierre.

Alertée par le bruit du scooter, la silhouette d'une voisine apparut derrière une fenêtre, au rez-de-chaussée de son habitation.

Tristan et Mila laissèrent l'engin sur la route goudronnée et s'acheminèrent vers la maison, sur le chemin pavé de lauzes.

– On lui dit quoi ? murmura le garçon.

– Laisse-moi faire.

En pressant le pas, Mila se dirigea vers la femme derrière la fenêtre qui, imperturbable, les regardait s'approcher.

Lorsque la jeune fille se planta devant la vitre et frappa au carreau, la voisine quitta son poste et disparut à l'intérieur.

– Sympa, ironisa Tristan. Hyper accueillante.

Mais, une poignée de secondes plus tard, la porte de la maison s'ouvrit et la femme réapparut dans l'embrasure.

– Oui ? demanda-t-elle aux deux jeunes gens, soupçonneuse.

Mila lui adressa un sourire de politesse, teinté de chagrin.

– Bonjour madame, nous sommes navrés de vous déranger mais… nous voudrions vous demander…

La voix de Mila se brisa dans une hésitation, mais elle se força à continuer :

– J'aimerais tellement…

Cette fois, l'émotion fut trop forte et, sous le regard perplexe de la voisine, Mila fondit en larmes.

Ça marche bien, les cours de théâtre, pensa Tristan en se détournant pour éviter de sourire.

Quelques minutes plus tard, Mila et Tristan étaient assis dans la cuisine de la femme de La Loubière et sirotaient un verre de limonade.

– Elle m'a tellement manqué, disait Mila. Je l'avais toujours considérée comme ma cousine préférée.

– Ta cousine ? répéta la femme, méfiante, en détaillant ostensiblement les traits de la jeune fille et la couleur de sa peau aux reflets de pain d'épices. Tu lui ressembles pas beaucoup, pourtant.

Tristan se racla la gorge, en panique.

Mais Mila trouva promptement une parade.

– Lorsque mes parents m'ont adoptée, Sidonie s'est beaucoup occupée de moi. Elle m'a vraiment aidée.

La voisine acquiesça, commençant à baisser la garde.

– Quand elle est partie, poursuivit Mila avec émotion, le plus dur a été de ne plus rien savoir de sa vie. Mon oncle et ma tante avaient bien signalé sa disparition à la police, mais vous comprenez, Sidonie était majeure, elle avait quitté la maison de son plein gré, alors, tonton et tatie ne pouvaient pas grand-chose…

Quelle actrice-née, pensa Tristan. Pour cacher son malaise, il se dépêcha de finir sa limonade. Contrairement à Mila, il n'avait aucun talent pour la comédie. S'il voulait éviter qu'ils se fassent démasquer, il valait certainement mieux qu'il se taise.

– Vous la connaissiez bien ? finit par demander Mila à la femme avec une touchante lueur d'espoir dans le regard.

– Ah non, ma jolie, pas bien du tout. Dernièrement, on ne la voyait pas beaucoup dehors, ta cousine. Il y avait bien des commérages, mais bon... Les commérages, je t'le dis une fois, c'est pas pour moi. La Marie-Claude, elle ne raconte que ce qu'elle voit de ses yeux. Pas plus.

– J'aimerais tellement savoir comment ma Sidonie a vécu ses dernières années, la pria Mila. Je n'arrive pas à croire qu'elle ne soit plus parmi nous...

Un silence respectueux plana au-dessus de la table en formica de la cuisine. Puis, avec un soupir théâtral, Marie-Claude de La Loubière se mit à raconter.

Tout en gardant religieusement la bouche fermée, Tristan se dit que si la commère ne relatait que ce qu'elle voyait de ses yeux, elle devait passer ses journées à la fenêtre. Dans l'heure qui suivit, elle leur dévoila une série de détails sur la vie de la jeune disparue digne d'un détective privé.

Ils apprirent ainsi que Sidonie Gosselin avait fait son apparition sur le Serre des Âmes trois ans auparavant. Elle était de passage dans la région, comme tant d'autres, pour les vendanges. Le patron du domaine viticole où elle avait trouvé du travail, un dénommé Côme Malbosc, avait installé Sidonie et ses collègues saisonniers dans les gîtes meublés de La Loubière, pour le temps de la récolte.

Au début, rien ne distinguait Sidonie des jeunes gens qui buvaient le soir, faisaient la bringue et tapaient sur leurs djembés dans la nuit des Cévennes. Les vendanges étaient presque finies lorsque, de but en blanc, elle avait changé. Un soir d'octobre, elle avait déménagé le sac qui contenait ses affaires, préférant une bicoque à l'écart plutôt que les gîtes animés de Côme Malbosc. Elle partageait ce logis de fortune avec une copine, une rousse, disait Marie-Claude avec une très grande méfiance dans la voix, certaine que cela constituait en soi une tare, une preuve évidente de malignité. Sidonie et la rouquine, donc, s'étaient mises à éviter tout le monde. Il faut dire que pendant les vendanges elles avaient eu un accident. Deux autres types y avaient été impliqués, un vieux chauve et un grand chevelu au regard mauvais. Depuis, on les voyait régulièrement rôder autour de la maison de Sidonie, comme s'ils étaient la seule compagnie que les deux jeunes femmes acceptaient de fréquenter. Et lorsque les autres saisonniers étaient repartis, les quatre de La Loubière, eux, étaient restés.

De toute évidence, Marie-Claude désapprouvait ce comportement mais n'en disait pas plus pour ne pas ternir le souvenir de la disparue.

Captivé par le récit, Tristan ne put s'empêcher de sortir le journal qu'il avait embarqué avec lui.

– C'est eux ? Ces mecs dont vous nous parlez ? demanda-t-il sans préambule en étalant sur la table la photo des victimes de la résurgence.

Surprise par le ton péremptoire de Tristan, dont elle n'avait pas entendu la voix jusque-là, Marie-Claude fronça les sourcils, retrouvant immédiatement son réflexe de méfiance.

Mila se dépêcha de rattraper le coup en détournant la tête.

– S'il te plaît, Tristan, range cette photo. C'est trop dur, marmonna-t-elle d'une voix blanche.

Marie-Claude ne se fit pas prier pour débarrasser la table du journal, mais en profita pour reluquer les photos, attirée par le côté potin du gros titre qui trônait en haut de la page.

– C'est eux, oui, laissa-t-elle tomber à l'intention de Tristan, avant de replier le quotidien d'un geste sec. Le vieux chauve et le type aux cheveux longs.

Et il était évident qu'aux yeux d'une honnête femme de La Loubière, ce dernier détail sur un homme était aussi digne de réprobation que la couleur de la chevelure d'une rouquine.

– C'était curieux, tout de même, réfléchissait-elle à haute voix. Il y avait des périodes où ça se calmait.

– Qu'est-ce qui se calmait ?

– Leur côté… bizarre. Par moments, on aurait presque dit des gens normaux. Et puis, boum, ça leur reprenait pire qu'avant, pas de bonjour, pas de bonsoir... On ne les voyait pas pendant des jours, et lorsqu'ils revenaient, ils avaient des traces partout, comme des blessures. Et même qu'une fois je les ai vus rentrer au petit matin, complètement nus !

Pour souligner son courroux, Marie-Claude détourna le regard, indignée.

– Elle n'était pas comme ça, vous savez, affirma Mila, histoire de la relancer. Sidonie est... était une fille très douce, sage, très ouverte aux autres. Je me demande ce qui a bien pu lui arriver... Un accident, vous disiez... On ne saura sans doute jamais...

– Ben tiens, jamais ! Mais moi, je le sais ! reprit illico Marie-Claude avec une note de satisfaction complètement incongrue dans la voix. Et je peux te dire qu'elle n'a pas eu de chance, ta petite cousine, paix à son âme. Il y a trois ans, pendant les vendanges, elle avait été attaquée par des chiens errants. Quatre personnes à l'hôpital, elle, la rousse, et les deux types, là. Les filles et le grand travaillaient dans les champs, et le vieux, il passait par là, il cherchait des champignons ! Et voilà que quelques années plus tard, trois d'entre eux se font dévorer par une bête sauvage. Oh peuchère !

Marie-Claude semblait avoir oublié qu'elle parlait en présence d'une supposée cousine de la victime. Débordant d'un enthousiasme macabre, elle dévoilait sa théorie, longuement élaborée.

– Sidonie avait vu la faucheuse en face, mon enfant. Et lorsque la mort te regarde droit dans les yeux, on peut être sûr qu'elle ne va pas tarder à revenir pour demander son dû. Elle le savait, la pauvrette, qu'elle n'en avait pas pour longtemps. Ils le savaient, tous les quatre ! C'était la peur qui leur faisait perdre la boule ! Ils se terraient dans leur bicoque ou dans les bois, mais on n'échappe pas à la volonté du bon Dieu. Quand l'heure sonne, il n'y a pas de cachette qui tienne.

Marie-Claude se leva et fit un signe de croix, solidement campée sur ses jambes comme la justice divine en personne. Devant sa silhouette imposante, Tristan se tassa sur sa chaise, en ressentant tout à coup un souffle de menace se promener au-dessus de leurs têtes.

– Mais la rouquine, continua Marie-Claude, tu crois qu'elle s'est laissé prendre, elle ? Ben tiens, non ! Et je t'le dis, ma jolie, elle est bien bizarre cette affaire. Elles ne se quittaient pas d'une semelle, ces deux-là. Et comme par hasard, au moment de la disgrâce, elles n'étaient pas ensemble ? Non non non, ça ne tourne pas rond cette histoire.

Brusquement, comme si elle se réveillait d'un voyage mystique, la dame de La Loubière se tourna vers Mila.

– C'est quand les obsèques ? Je suis bien curieuse de savoir si la rousse va pointer son nez aux funérailles de sa copine.

Prise de court, Mila bafouilla une réponse vague, pour une fois maladroite.

– Heu... je crois que... ce n'est pas encore décidé... enfin, je pense... qu'ils attendent les résultats de l'autopsie...

Mais Marie-Claude, toute à sa théorie, ne remarqua pas sa gêne.

– Eh ben, tu vas voir, la rouquine ne viendra pas, ou je ne m'appelle plus Marie-Claude ! Depuis qu'il est arrivé malheur à ses amis, elle a complètement disparu. C'est pas louche, ça, dis ? Je me demande bien ce qu'elle a vendu au diable pour échapper à la faucheuse, la Stella !

Les deux adolescents eurent du mal à repartir. Lancée sur un tas d'histoires de démons et de maléfices, Marie-Claude se montrait intarissable.

Pour couper son élan, Mila feignit un malaise, ce qui eut le don d'alarmer au plus haut point la commère et de retarder encore leur départ.

Tandis que Mila s'évertuait à refuser tout un tas de remontants, Tristan se jeta enfin à l'eau et prit la relève.

– Madame, sauriez-vous nous indiquer la maison de Sidonie ?

– Ben tiens ! C'est qui qui nourrit ses poules, à ton avis, depuis quelques jours ?

Pour finir, la femme de La Loubière les accompagna dehors et les conduisit à une maisonnette modeste, en pierre, à l'écart du hameau.

Une des façades de la bicoque était prolongée par un enclos grillagé, aménagé en poulailler, et à l'approche de Marie-Claude, une douzaine de volailles se pressèrent vers la clôture d'un pas guilleret.

– Elles meurent de faim. Ça fait presque une semaine que personne ne se montre ici, s'indigna Marie-Claude en adressant mentalement un flot de reproches à cette fameuse Stella qui avait le talent de s'attirer ses foudres. Quand on a des bêtes, faut s'en occuper tous les jours ! Pas disparaître du jour au lendemain, pardi !

Puis elle se dépêcha de rassurer la basse-cour, en jetant un seau d'épluchures par-dessus le grillage.

Dans son dos, Mila et Tristan ressentirent immédiatement qu'une étrange atmosphère flottait dans ce lieu. Il y avait ici quelque chose qui les repoussait.

C'était l'odeur.

Un léger relent d'urine qui, ils le savaient, passait inaperçu aux narines des voisins, mais que leurs nouveaux sens en alerte distinguaient très clairement, comme une trace lumineuse, menaçante, marquant le territoire autour de la maison. Un signe d'hostilité, qui leur conseillait de s'éloigner, en vitesse.

Ce fut donc en proie à un trouble réel que les deux jeunes quittèrent Marie-Claude en la remerciant brièvement.

La femme resta là, au milieu du chemin, son seau vide à la main, à les regarder tandis qu'ils rejoignaient leur scooter.

Puis, alors qu'elle redescendait vers sa maison, elle entendit une voix qui l'interpellait, à l'orée du chemin caillouteux qui se perdait dans les fougères.

– Hé !

Elle se retourna, froissée que l'on s'adresse à elle avec tant d'impolitesse, et découvrit un vieil homme maigre comme un clou, brandissant une canne de promeneur, le visage couvert d'une barbe broussailleuse.

Sans prendre la peine de saluer, le vieux lui indiqua Mila et Tristan qui enfourchaient le deux-roues et lui aboya :

– C'est qui ? Les mioches, là !

Comme les autres habitants du Serre des Âmes, Marie-Claude le connaissait. Le vieil Abel avait la réputation d'être un drôle de bougre, grincheux, mal élevé et très porté sur la boisson, un ermite qui quittait rarement sa cabane au milieu des bois. Mais, de l'avis de tous, il n'était pas bien méchant.

– Dites, c'est une façon de demander ? le sermonna Marie-Claude pour la forme, avant de répondre avec un rapide signe de la croix : Ils étaient de la famille de la pauvre Sidonie, paix à son âme.

– Foutaises ! s'écria Abel, en suivant du regard le scooter qui démarrait et attaquait la descente qui menait à Malazuc.

– Ben tiens, pourquoi vous dites ça ?

– Ils sentaient bizarre, les deux ! protesta Abel en crachant par terre.

Marie-Claude soupira en levant les yeux au ciel et se dépêcha de quitter le vieux fou.

– Eh ben, si vous le dites. Vous m'excuserez, Abel, mais j'ai ma soupe sur le feu. Bonne journée.

L’ermite ne jugea pas nécessaire de répondre. Tant qu’il entendit le bruit du moteur, il resta immobile. Puis il jeta un regard à la maison de Sidonie. Une lueur d’inquiétude brilla au fond de ses yeux clairs, avant que le vieil homme ne tourne le dos au lieu-dit de La Loubière et s’enfonce à nouveau dans les profondeurs de la forêt cévenole qui depuis des années lui servait de refuge.

10

Courir.

S'enfuir.

S'éloigner de tout, en premier lieu de soi-même.

Depuis longtemps, lorsque la vie lui paraissait insurmontable, lorsqu'il redoutait que sa tête n'explose en plein vol, Ludovic enfourchait ses baskets et courait jusqu'à sentir ses poumons en feu et la rate broyée par un puissant point de côté. Ça avait le don miraculeux de chasser de son esprit tout ce qui n'était pas l'air frais contre sa peau et le sol sous ses pieds.

Aujourd'hui, la vie était suffisamment compliquée pour que Ludo s'évertue à essayer de semer son ombre.

Mais qu'est-ce qui lui avait pris ? Pourquoi ne pas avoir raconté la vérité ?

La colère lui brouillait la vue. Il était aussi remonté contre lui-même et contre ses réflexes stupides de loup solitaire, que contre ses amis, qui n'avaient rien tenté pour le retenir.

Et puis, Mimile. Elle n'avait pas eu un geste. Elle lui avait paru si lointaine, indifférente.

Si au moins courir pouvait servir à remonter le temps. À revenir sept ans auparavant, dans la chambre d'une petite fille belle comme le jour, au regard sérieux et compatissant.

Mais non, au fil de sa fuite le jour continuait de s'écouler, toujours dans la même direction.

Les rayons du soleil éclairaient le brouillard, immergeant le paysage dans une marée blanche dense, extraordinairement lumineuse. Les branches nues des arbres, en contre-jour, dessinaient de magnifiques figures en dentelle noire.

Poursuivant ses souvenirs, Ludo dépassait les champs, escaladait les collines, traversait les ruisseaux. Depuis le temps, il connaissait les chemins de sa campagne comme sa poche.

Ce ne fut donc pas par hasard que ses pas le menèrent devant la maison de Mila.

C'est là que Ludovic s'arrêta, le souffle court.

Aucun bruit ne provenait du bâtiment, apparemment désert. Angèle Koré était au travail, comme d'habitude. Mila devait être sortie. Avec Tristan ? se demanda Ludo, transpercé par un rai d'envie.

Pendant un moment, sa respiration haletante étouffa toute autre sensation. Ce ne fut qu'en retenant son inspiration pour calmer les furieux battements de son cœur emballé que Ludo perçut une présence.

Une brindille craqua.

Un autre souffle, dissimulé, résonna à ses oreilles.

Une odeur subtile se fraya un chemin jusqu'à ses narines.

Subitement conscient de ses perceptions, Ludovic sut que quelque chose se tapissait dans la pénombre de la vieille réserve à bois.

Cela suffit à le sauver.

Juste avant que la bête rousse ne surgisse de sa cachette, puissante, les poils hérissés, les babines retroussées sur la gueule ouverte, le garçon eut le temps de faire un bond en arrière.

Puis la peur le submergea, tétanisant ses pensées.

Et avec la peur, vint la transformation.

Tout va très vite.

Cette fois, il n'a pas le temps d'enlever ses habits. Le tissu se déchire comme du papier sous la puissance de son nouveau corps.

Déjà, la chienne rousse est sur lui.

Mais maintenant, il est aussi rapide qu'elle.

Cours, ordonne la voix. Et Ludovic s'élance en direction de la colline.

La poursuite s'engage dans la garrigue, la bête grogne à ses trousses, saute d'un rocher à l'autre avec une force décuplée par sa soif de vengeance.

Ludo s'enfonce dans la campagne. Elle le rattrape, ses dents claquent près de sa patte arrière. L'odeur de la chienne le révulse, une vanne s'ouvre dans son corps. Il sent ses muscles se tendre, évite les mâchoires de la bête, bondit sur la souche d'un arbre, dévie brusquement.

La chienne rousse disparaît derrière un enchevêtrement de ronces, c'est un leurre, à nouveau elle surgit sur sa droite. Ludo bifurque, dérape dans un chemin caillouteux, s'écorche la peau, se rattrape.

Avalanche de bruits et de grognements qui font taire les oiseaux, ils traversent la garrigue déserte, silencieuse dans la brume.

Maintenant, commande la voix. Ici.

Ludo se retourne, découvre ses dents.

À l'intérieur, la peur s'est tue.

La chienne rousse s'est arrêtée à son tour, elle grogne en sourdine.

Les deux animaux se font face, tournant lentement l'un et l'autre dans un ballet mesuré, que Ludo reconnaît d'instinct.

Dans un éclair de conscience, il se surprend à penser.

Son esprit est plus clair, il sent ses deux natures cohabiter mystérieusement, se fondre dans une unique entité. Tandis qu'il fait face à la bête rousse, il se souvient de son nom. Et cela lui donne de la force.

La chienne plie ses pattes arrière. Ça y est, comprend Ludo, elle va bondir, chercher la gorge pour y planter ses crocs. Il est plus faible qu'elle, il le sait. Combien de temps résistera-t-il ?

Il se prépare à se défendre, à sauter à son tour pour mieux contrer l'élan de son adversaire.

Mais l'inattendu se produit.

Une troisième masse émerge de la bruyère, aboyant furieusement, présence imprévue que les deux animaux, tout à leur combat, n'ont pas décelée.

Baco.

C'est Baco.

En reconnaissant le chien de son père, Ludo recule. La silhouette familière du braque le renvoie à son autre vie. Les souvenirs resurgissent subitement, amenant la promesse confuse d'un danger que Ludovic ne sait pas définir, mais qui se rapproche.

Sous le coup de la surprise, la chienne rousse rate son attaque, son bond se transforme en déséquilibre, elle retombe mollement sur ses pattes.

Son mouvement attire l'attention de Baco, qui s'élance contre elle sans cesser d'aboyer, son instinct déchaîné de limier faisant taire sa prudence.

Cache-toi ! ordonne silencieusement la voix à Ludo, en reprenant le dessus sur son esprit.

Et tandis que la bête rousse et le braque s'affrontent, Ludovic recule dans la végétation, se tapissant dans une touffe d'arbustes, d'où il observe le combat en cours.

La bête sauvage a réussi à contourner le chien de chasse, elle s'attaque à son flanc et plante ses crocs dans la patte arrière de Baco qui gémit mais ne s'avoue pas vaincu.

Le voilà qui se libère de sa prise et revient à la charge en grognant.

Puis, dans son dos, un coup de feu résonne, tétanisant la chienne rousse et Ludo dans sa cachette.

– Baco ! crie la voix du Gris, ordonnant à son chien de s'écarter.

Le braque comprend et s'éloigne à l'instant pour laisser la voie libre à son maître le chasseur.

Un deuxième coup de fusil explose dans la bruyère, blessant la chienne rousse.

Enragée, les narines pleines de l'odeur du sang qui perle de sa nouvelle plaie, elle s'enfuit en courant.

Baco s'élance à sa poursuite, mais la voix de l'homme le retient.

– Au pied.

L'animal obéit, avec une plainte de regret plus que de douleur.

Ludo, dans sa cachette, bloque sa respiration.

Tais-toi, conseille la voix. Pas un bruit.

Ludovic se plie au silence, mais de ses yeux verts, il aperçoit le paternel se pencher sur Baco, étudier la blessure du braque, le rassurer d'un murmure, tapoter affectueusement sur son museau qui cherche la caresse.

– Bon chien, dit le Gris, bon chien, et Ludo n'a jamais entendu la voix de son père résonner si doucement, si apaisante, tellement loin de ses vulgarités et de ses accès de rage, on va soigner ça, mon chien, ça va aller, et Baco adresse un regard adorateur vers le chasseur, qui le gratifie d'un sourire, le paternel, un sourire, lui qui ne sourit jamais, lui que les docteurs c'est tous des cons, lui que tu sens le fauve, et Ludo ne sait plus comment faire taire son chagrin, est-ce que les loups pleurent, est-ce qu'ils peuvent se sentir minés de l'intérieur, broyés dans un tourbillon de colère, est-ce que les loups ressentent l'injustice, Ludo ne sait pas, mais devant l'image de son père et de son braque unis dans une complicité et une affection auxquelles il n'eut et n'aura jamais droit, il ne peut pas, il ne peut plus, la voix commande le silence, elle commande l'immobilité, mais Ludovic n'écoute pas. Ne plus voir ça, ne plus ressentir ce manque criant d'amour, juste s'enfuir, aussi loin qu'il le pourra.

Lorsque son corps imposant de chien-loup ébranle la touffe d'arbustes, le paternel et Baco reculent d'instinct. Ils entendent un gémissement déchirant, puis la silhouette d'un animal s'enfuit dans la végétation de la garrigue.

La surprise est telle que le chasseur tombe en arrière, à la renverse.

Il ne remarque pas tout de suite que malgré la blessure, Baco est reparti faire son travail de limier, aussi buté que rapide, et qu'il a disparu en poursuivant la nouvelle piste.

L'homme se relève lentement, contrôle son arme. Il entend les aboiements de son braque, siffle pour le rappeler, écoute. Les aboiements s'éloignent.

Le chasseur fait alors quelques pas, légèrement sonné par l'apparition de la bête.

Il ne l'a pas bien vue, elle était cachée par les feuilles et elle s'est enfuie trop rapidement pour qu'il puisse l'apercevoir dans son ensemble.

Pourtant, le Gris est convaincu qu'il saurait la reconnaître.

Le pelage était clair.

Et puis ses yeux.

Le Gris a croisé son regard, un éclair vert, juste un instant pendant qu'il tombait. Il a d'ailleurs eu l'étrange sensation d'avoir déjà vu ces yeux, mais c'était sans doute une fausse impression, et puis ça n'a pas d'importance.

Tout ce qui compte, maintenant, c'est de rappeler Baco.

11

Après la lutte, Ludovic s'effondra dans la garrigue, blessé, plongeant dans un sommeil bref comme un évanouissement, dont il se réveilla en sursaut, avec un élancement de douleur, sa peau pâle marquée par les signes du combat.

Il avait d'abord tenté de semer Baco, mais le braque l'avait poursuivi, obstiné, aveuglé par un dévouement sans faille à sa mission, jusqu'à une clairière parsemée de rochers et de jeunes chênes blancs, où Ludo s'était décidé à l'affronter. La colère avait fait le reste.

Un haut-le-cœur secoua violemment l'adolescent, qui se plia pour vomir, le goût du sang dans la bouche, les yeux remplis d'images affolantes.

Encombré par ce corps nu, sans défense, ce corps qu'à chaque réveil il trouvait plus gauche, plus laid, Ludo se traîna dans le sous-bois, en boitant, jusqu'à chez lui.

La camionnette du paternel n'était pas encore là.

L'adolescent pénétra dans l'entrée de la maison, dominée par les escaliers qui montaient à l'étage.

Comme s'il découvrait le lieu pour la première fois, il remarqua le chapeau de son père pendu au portemanteau, ses bottes sales de boue, l'ordonnance des médicaments qu'il ne prenait jamais, traces d'une intimité que Ludovic, en dix-sept ans de vie commune, n'avait fait qu'effleurer.

L'absence de sa mère le prit à la gorge.

Le ventre noué par un sentiment déchirant de solitude, il monta dans la salle de bains. Dans le miroir, il découvrit l'ampleur des dégâts. Plusieurs morsures gonflaient à vue d'œil, et les taches violettes des bleus parsemaient son torse transi de froid. Une griffure lui traversait la joue, une autre lui entaillait l'oreille, qui saignait.

Légèrement tremblant, Ludo se glissa dans la douche. Il resta longtemps sous le jet d'eau, ressentant chacune de ses blessures marteler douloureusement. Il se sécha avec précaution et désinfecta ses plaies, en essayant de chasser les souvenirs qui le submergeaient, par vagues.

Enfin, il enfila un t-shirt et un jogging.

Lorsque le Gris, après avoir cherché longtemps dans les bois en sifflant et en appelant, retrouva enfin le cadavre déchiqueté de Baco dans la clairière des chênes blancs, Ludovic était allongé sur son lit, dans sa chambre, et pleurait comme un enfant, ses larges épaules secouées par les sanglots, ses bras solides entourant sa tête rasée.

Pendant un long moment, l'adolescent resta couché dans un état de conscience altérée, revivant sa fureur lors du combat avec Baco, assailli par les images du braque agonisant qui se mélangeaient avec celles de la maladie de sa mère.

Puis le bruit de la sonnette, qu'une main actionnait prudemment, parvint à ses oreilles.

Tristan n'avait pas l'habitude de se rendre chez Ludo. Cette maison, la lourde ambiance qui y régnait, le mettaient mal à l'aise. Ludovic lui-même n'avait pas spécialement envie qu'on vienne toquer à sa porte. Alors, depuis toujours, les deux amis se retrouvaient ailleurs, au moulin, à la résurgence, au café, chez Mila.

Jamais dans la maison du paternel.

Tristan regarda la fenêtre au premier étage pour y déceler un mouvement, un signe de vie.

Sous le ciel couvert, la bâtisse était silencieuse et inquiétante.

Mais il voulait parler avec son ami. Il le connaissait depuis toujours. Trop pour ne pas lui demander franchement ce qui s'était passé à la résurgence. Il fallait qu'il sache.

Tristan tira à nouveau la chaînette métallique qui faisait tinter la cloche d'entrée, attendit encore, puis se décida à pousser la porte.

– Il y a quelqu'un ?

La présence de Ludo en haut des escaliers le prit au dépourvu.

Les deux amis se regardèrent un moment, immobiles, humant l'un chez l'autre les traces des événements passés et le halo invisible des sentiments qui les agitaient.

Tristan détailla le visage griffé et bouffi de Ludo.

– Qu'est-ce qui t'est arrivé ?

Sans répondre, Ludo prit le temps de descendre les escaliers, précautionneusement, en boitant.

– Tu t'es battu ? insista Tristan, et la description que Lucille lui avait faite du massacre à la résurgence lui revint à l'esprit.

Ludovic, lui, revit la gorge de Baco, se souvint de ses propres crocs de chien-loup déchirant la peau du braque, sentit à nouveau le goût du sang dans sa bouche. Il posa sa main sur l'épaule de Tristan et le poussa vers la sortie.

– Faut que tu partes. Mon paternel va rentrer.

– Qu'est-ce qui se passe, Ludo ?

– Faut que tu partes, répéta Ludovic, buté. Ça va barder ici.

– On va parler ailleurs, tu veux ?

– Pas aujourd'hui.

À travers les habits de son ami, Tristan perçut clairement l'odeur du sang qui se dégageait des plaies.

– Tu es blessé ?

– Fous-moi la paix !

Ludo attrapa Tristan par le bras et le traîna sans ménagement dehors, dans la cour.

Tristan se laissa faire, presque incrédule. Passé la surprise, il se dégagea.

– Mais t'es malade, protesta-t-il, sans comprendre.

– Tu ne piges pas. Mon père va revenir, il va être...

Tristan vit le regard de Ludo se durcir. En même temps, il entendit le bruit de la camionnette du Gris entrer dans la cour et se garer devant la maison.

– ... en colère, conclut Ludo, tandis que son père sortait lentement du véhicule. Fous le camp, ajouta-t-il d'une voix blanche.

Tristan ne bougea pas.

Le paternel ne leur adressa pas le moindre regard. Il contourna la fourgonnette, ouvrit les portières arrière et souleva une masse inerte enroulée dans une couverture tachée de sang.

Les deux adolescents le virent se diriger vers eux, en portant le cadavre du braque dans les bras.

Lorsqu'il arriva à leur niveau, le Gris s'arrêta.

Sans remarquer l'état lamentable de son fils, il vissa son regard dans celui de Ludo.

– Cette fois, je les ai vus, souffla-t-il entre ses dents. C'est pas des chiens.

Le garçon ne put s'empêcher de détourner la tête. L'odeur du corps dans les bras de son père lui donnait le tournis.

– On dirait des loups.

Ludo resta immobile.

– Il y a une rousse, continua le paternel. Et puis, l'autre, le gris, ajouta-t-il. Il a les yeux presque verts. Comme toi.

Tristan observa son ami, dont le visage livide et blessé s'efforçait de rester dénué d'expression.

C'était son mécanisme de défense, bien rodé, hérité de l'enfance.

Rester muet, les yeux bas.

Ne pas relancer, ne pas commenter.

Bloquer toute mimique.

Ne fournir aucun prétexte.

Dans le silence, une goutte de sang perla de la couverture et coula sur le perron.

– Je vais lui exploser la cervelle, à ce bâtard, laissa tomber le Gris en poursuivant son chemin et en disparaissant dans la maison. Je vais le massacrer.

Dès que son père eut disparu à l'intérieur, le visage du fils se décomposa.

– Qu'est-ce qui se passe ? murmura Tristan.

Sans répondre, Ludovic se passa une main sur la figure, submergé par une très grande fatigue. Ayant baissé la garde, il reçut la question de Tristan comme un coup de massue.

– Il faut que je te demande une chose, Ludo. Dis-moi la vérité… À la résurgence, les trois morts, c'est toi ?

Aussitôt, la colère l'aveugla. Ludovic attrapa le cou de Tristan d'une main et l'enserra violemment.

– Ne viens plus ici, compris ? susurra-t-il entre ses dents avant de le lâcher, de lui tourner le dos et de disparaître à l'intérieur de la maison.

Reprenant son souffle, Tristan vacilla.

Il eut à peine le temps de voir la main massive de son ami refermer la porte derrière lui.

Puis la bâtisse redevint silencieuse.

Tristan entendit alors un léger crépitement résonner dans la cour, régulier et discret.

Il mit du temps à comprendre qu'il avait commencé à pleuvoir.

Nichés dans une crevasse de la roche, deux yeux jaunes suivaient, alertes, la course d'un lézard.

Un mouvement rapide de la patte, les dents qui claquent.

Après avoir trompé sa faim en avalant le petit reptile, la chienne rousse lécha longuement la nouvelle plaie que le coup de fusil lui avait ouverte sur un flanc.

Ses forces diminuaient. Il fallait se ménager. Elle se reposerait ici, cachée, aussi longtemps que son corps le lui demanderait, avant de retourner à sa chasse.

Pour cette fois, le chien-loup gris s'était échappé. Il était jeune, habile, mais sans expérience. À la prochaine occasion, elle l'aurait. Elle se repaîtrait de sa viande et de vengeance.

Sous ses coups de langue, la blessure au flanc commença doucement à cicatriser.

12

Rdv au car de 8.13, précisait le SMS de Mila.

À huit heures moins le quart, Tristan était déjà là, le long de la départementale, et contemplait ensommeillé le halo de l'aube qui éclairait les champs.

Mila arriva à huit heures dix, le temps d'une bise, un frisson dans le vent glacé, et le car apparut au loin, sur la route.

À bord, ils parlèrent à peine, entourés par les employés qui se rendaient au travail et par quelques collégiens en retard. La veille, ils avaient déjà décidé la marche à suivre.

– De ton côté, il s'est passé quelque chose cette nuit ? demanda enfin Tristan, à voix basse.

– Rien, répondit Mila. J'ai dormi comme un bébé.

– Moi aussi, acquiesça Tristan. Au moins, nous savons que ce n'est pas toutes les nuits.

– Ni tous les jours.

Pendant quelques minutes, Tristan considéra l'hypothèse de raconter à Milou la visite qu'il avait rendue à Ludovic.

Chercha ses mots. Des mots justes, qui n'accuseraient pas.

Ne trouva pas.

Alors y renonça et se laissa bercer par le ronronnement du bus qui les menait en ville.

La bibliothèque municipale occupait une vaste aile du château des vicomtes de La Roche-Bannière qui avaient gouverné ces contrées pendant des siècles, avant que la révolution de 1789 ne marque la fin de la dynastie.

Dans les couloirs de la demeure régnait une ambiance gothique oppressante. Les murs extérieurs, noircis par le passage du temps, dominaient des douves vétustes, désormais asséchées et remplies de broussailles.

Mila avait pris l'habitude de venir travailler dans cet endroit excentré. On y trouvait nombre d'éditions anciennes aussi bien que la plupart des publications contemporaines et des périodiques.

La jeune bibliothécaire les accueillit avec un sourire poli, très professionnel.

La salle de consultation était déserte, exception faite pour un chercheur penché sur un tas de cartes topographiques qu'il avait l'air de comparer entre elles dans le moindre détail.

Mila expliqua à la bibliothécaire que Tristan et elle préparaient un exposé sur les attaques de chiens sauvages qui sévissaient dans le coin.

La jeune femme leur indiqua comment organiser une recherche thématique sur le serveur de la bibliothèque.

– Ce n'est pas un sujet récent, vous savez, commenta-t-elle avec fatalisme. Les hommes et les loups, c'est de l'histoire ancienne.

Mal à l'aise dans cet univers austère, où flottait une aura presque religieuse, Tristan observa Mila noter une série de références.

Puis, ennuyé, il balada son regard vers le plafond, d'où pendaient de vieux lustres en fer forgé, sinistres. Le garçon les observa avec méfiance. Ils lui évoquaient une rangée de guillotines, prêtes à tomber sur leur tête au moindre faux pas.

Une demi-heure plus tard, la bibliothécaire vint déposer sur la table qu'ils avaient occupée une étendue de journaux et de magazines qui répertoriaient les articles sur les chiens sauvages dans la région.

– Vous avez de la lecture, les jeunes, s'amusa-t-elle gentiment. Souvenez-vous que la salle ferme à dix-huit heures.

– On s'organise par date, expliqua Mila à son ami dès que la bibliothécaire se fut éloignée.

Et elle lui glissa une pile de documents à éplucher.

Tristan leva vers elle un regard suppliant.

– Je dois lire tout ça, Milou ?

– Oui, trancha-t-elle.

Et elle lui adressa un impitoyable sourire d'encouragement.

Ils feuilletèrent des magazines, lurent des témoignages de bergers excédés, des comptes rendus de projets de loi, se firent une culture sur les dispositions de l'Union européenne quant au dédommagement des éleveurs lésés.

Tristan était sur le point de s'endormir lorsque, en ouvrant un journal vieux de trois ans, il tomba sur un regard connu.

Sur une photo prise à la va-vite par un reporter pressé, Sidonie Gosselin fixait l'objectif, assise sur un brancard, côte à côte avec une jeune femme rousse dont l'expression hagarde trahissait le désarroi.

Tristan toucha l'épaule de Mila, qui sursauta.

– Ça y est, murmura-t-elle en contemplant la photo.

Ils lurent en silence l'article, de toute évidence signé par un journaliste de seconde zone que le magazine dépêchait sur les affaires mineures et qui tentait d'attirer l'attention avec son style grand-guignolesque.

Drame évité de justesse !

Il était dix-huit heures, hier, et les derniers vendangeurs terminaient leur dure journée de labeur sur les fertiles terres de Côme Malbosc, lorsque, imprévue et implacable comme la destinée, l'ombre du drame a effleuré un joli coin de nature dominé par le majestueux Serre des Âmes.

Profitant de la fatigue des travailleurs agricoles, quatre bêtes errantes, assurément enragées, ont déferlé sur les cultures en terrasses, sautant comme des créatures du diable de faysse en faysse et s'attaquant violemment à trois saisonniers. Les malheureuses Sidonie Gosselin et Stella Desforges ont bel et bien essayé de fuir. Rattrapées par les fauves, elles ont été retrouvées au plus profond de la forêt, évanouies, leur tendre chair déchirée par d'horribles morsures.

Au même moment, poursuivi par un troisième animal, Lucien Tarot défaillait dans un buisson, un bras lacéré par la mâchoire de la bête.

Une quatrième victime est à déplorer dans la personne de Maximilien Lagorce, paisible retraité qui avait eu la malchance de se promener à proximité, à la recherche de champignons et autres dons de la nature prodigue.

Les quatre blessés, visiblement plongés dans un profond état confusionnel, ont été promptement soignés par l'équipe médicale appelée sur place.

Mais quelle est donc la nature de ces bêtes sauvages ? Certains assurent avoir reconnu les semblants du loup. D'autres préfèrent minimiser en évoquant des chiens errants. Qui a raison ? Quelle est donc cette espèce maudite, mystérieuse et insaisissable, qui fait peser sa menace sur nos paisibles contrées ? L'avenir, peut-être, nous le dira.

Gustave Martinel

Mila détailla la photo qui montrait Sidonie et Stella. Si le visage de la première lui était déjà familier, elle était intriguée par l'aspect de la seconde. Un corps maigre, presque osseux. Un visage fin, au nez pointu, entouré par une masse impressionnante de cheveux roux.

– Quatre bêtes, murmura Tristan. Et quatre victimes...

Un instant de flottement s'écoula. Puis, Mila saisit avec détermination la pile de journaux et les passa en revue, en les glissant l'un après l'autre à son ami.

– Le 22 octobre 2010, des promeneurs sont retrouvés évanouis, blessés par plusieurs animaux indéterminés. Le 17 septembre 1988, sur le chemin d'un cimetière isolé, une meute attaque un groupe de femmes, et plouf, elles tombent dans les pommes...

Les articles se succédaient, similaires, martelant les mêmes informations. Des bêtes errantes, que certains identifiaient comme des loups, d'autres comme des chiens, déferlaient sur la montagne. Les blessés essuyaient plusieurs morsures plus ou moins graves, mais jamais mortelles, perdant aussitôt connaissance. Et chaque animal s'attaquait à une seule personne : le nombre des bêtes correspondait toujours au nombre des victimes.

Mila retourna à l'ordinateur, tapa des noms, des dates.

Tristan la vit parlementer avec la bibliothécaire, puis revenir s'asseoir près de lui avec une autre pile de documents dans les bras.

Parfois, les noms des blessés revenaient dans d'autres articles, à des années d'intervalle.

– Regarde celle-là, nota Mila en faisant le lien entre trois articles différents. Émilie Jouvet. Mordue en novembre 1994. Après l'attaque, elle disparaît, quitte mari et enfants, ne donne aucune nouvelle. Des années plus tard, elle réapparaît, à l'autre bout du massif, le 10 octobre 1999. Elle se pointe chez elle et retrouve sa famille, comme si de rien n'était.

– Le 10 octobre, tu dis ? C'est le lendemain d'une nouvelle attaque, remarqua Tristan.

Les deux adolescents se regardèrent.

– Sortons faire une pause, proposa Mila, d'une voix troublée.

La cour du château des vicomtes était déserte.

Mila et Tristan s'assirent sur les marches en pierre qui menaient à l'entrée de la bibliothèque. Parmi les motifs gothiques, des gargouilles sculptées se penchaient, menaçantes, aux quatre coins du toit.

– Résumons, fit Tristan. Nous savons que, depuis un bon paquet de temps, des gens se font attaquer dans la montagne par une meute d'étranges bêtes errantes. Loups ou chiens, mystère, car on n'arrive jamais à les attraper. Les victimes s'évanouissent sur-le-champ. Ensuite, on ne sait pas exactement ce qui leur arrive, mais en gros elles déconnent. Certaines disparaissent, d'autres deviennent folles. Il y en a même qui se retrouvent à l'asile. Des années plus tard, une nouvelle attaque se produit. Et là, pile au même moment, les anciens mordus refont surface alors que d'autres personnes se mettent à délirer à leur place. Leur nombre correspond toujours. Comme s'ils se passaient le mot.

– Non, l'interrompit Mila. Ils ne se passent pas le mot.

Elle le fixa en silence et Tristan se tut.

– Ils se passent autre chose, dit-elle en posant sa main sur son bras.

À travers sa peau, Tristan sentit qu'une chaleur irradiait des doigts de son amie, chargée de sensations qui se communiquaient à son propre corps.

D'instinct, il la renifla, perçut des odeurs qui semblaient émerger par enchantement autour d'elle, entendit des bruits lointains, des présences discrètes sur les toits du château, dans les caves, mouvements d'insectes, le vol d'un oiseau, le souffle du vent sur son visage. Il comprit que la voix était là, cachée dans un recoin de sa tête, prête à se manifester à tout moment, à l'entraîner vers sa nouvelle nature.

– C'est nous les nouveaux, c'est ça ?

– On dirait bien, répondit Mila.

Elle leva les yeux vers les nuages qui striaient le ciel, pensive.

– Sauf qu'il y a un truc qui cloche.

Tristan la regarda, intrigué.

– Il y a trois ans, expliqua-t-elle, Sidonie Gosselin, Lucien Tarot, Maximilien Lagorce et Stella Desforges ont été attaqués ensemble. Ils étaient quatre. Quatre chiens, quatre mordus.

– Et alors ?

– Avant de m'évanouir, j'ai vu le visage de Sidonie. C'était eux, tu comprends ? À la résurgence, c'était eux.

Tristan mit quelques instants à faire le lien.

– Mais il y avait seulement trois bêtes. Trois chiens nous ont attaqués. Où était le quatrième ?

– Tu veux dire... où était Stella ?

Avant qu'elle ne poursuive, Tristan comprit où son amie voulait en venir.

– La voisine de Sidonie, Marie-Claude, avait raison, expliqua Mila. Quelque chose ne cadre pas. Les quatre de La Loubière étaient presque toujours ensemble. Et voilà que Stella disparaît dans la nature, alors que les trois autres sont retrouvés en pièces, au même endroit où nous avions été mordus, la veille, par trois chiens. C'est étrange, non ?

Tristan acquiesça.

– D'autant plus étrange, conclut Mila, que jusqu'à maintenant, les personnes qui avaient été mordues s'en sortaient. Elles devenaient peut-être un peu dingues pendant un moment, mais un jour ou l'autre elles finissaient par recommencer à vivre leur vie. On ne les retrouvait pas mortes, déchiquetées par une bête sauvage.

Tristan se leva, fit quelques pas en contemplant le ciel, essayant de réfléchir.

Mila avait raison. La disparition de Stella Desforges renfermait une énigme.

Ce fut alors qu'il les vit.

D'abord, il crut avoir été victime d'une hallucination.

Il revint sur ses pas, suivant le même parcours.

À nouveau, il assista à la transformation.

– Milou, marmonna-t-il doucement, stupéfait. Regarde…

– Quoi ?

Mila observa la cour. Tout semblait à sa place, les blasons couverts de mousse, les détails d'art grotesque.

– Viens ici, l'invita Tristan. Regarde là-haut. Les gargouilles…

Mila se leva à son tour. D'une œillade rapide, elle fit le tour des animaux sculptés qui se penchaient aux quatre coins des toits de la cour.

Quatre bêtes aux oreilles pointues, les dents aiguisées.

– Regarde leurs têtes, précisa Tristan. Pendant que tu marches…

Mila se concentra sur une des sculptures.

Elle fit quelques pas.

Et la sculpture changea de forme.

– Ce sont… des loups-garous, affirma Tristan.

Comme son ami, Mila eut besoin de répéter son parcours pour comprendre l'illusion optique qu'un artiste virtuose avait su imaginer et tailler dans la roche.

Un côté de la tête sculptée représentait un loup.

L'autre côté représentait le profil d'un homme.

Il suffisait de suivre la gargouille des yeux et de traverser la cour du château pour voir la transformation se réaliser de l'un à l'autre.

C'est nous, se surprit à penser Mila instinctivement, et un frisson lui parcourut le dos.

– Je vous avais dit qu'entre l'homme et le loup, c'est une longue histoire, murmura une voix posée dans leur dos.

Les deux jeunes se retournèrent en sursaut.

La bibliothécaire se tenait appuyée à la porte, buvant un mauvais café de machine dans un gobelet en plastique.

Son expression distante et son tailleur classique lui donnaient une allure élégante, presque princière dans cette cour d'honneur imposante.

– Les modèles originaux de ces gargouilles ont été dessinés par le dernier vicomte en personne. Charles de La Roche-Bannière était obsédé par la figure du lycanthrope.

Tandis que Mila et Tristan échangeaient un regard, la bibliothécaire ne résista pas à la tentation de traverser la cour et de profiter à son tour de l'illusion optique.

– Je ne m'en lasse pas, expliqua-t-elle avec un sourire étrangement mélancolique.

Puis, revenant auprès des deux jeunes, elle les interrogea.

– Avez-vous déjà entendu parler des Mémoires du vicomte Charles de La Roche-Bannière ?

– Non, madame, répondit Tristan, que le langage froid et précis de la jeune femme mettait un poil mal à l'aise.

– Ils sont dans votre catalogue ? demanda Mila, soudainement très intéressée par la question.

– Dans le catalogue, oui.

– Pourrions-nous les consulter ?

– C'est impossible, mademoiselle.

La bibliothécaire soupira, affligée.

– Les Mémoires du vicomte nous ont été volés. Il y a plus d'un an.

– Par qui ? demanda Tristan, oubliant ses réserves.

La bibliothécaire lui adressa un regard légèrement agacé.

– Les voleurs n'ont pas l'habitude de laisser un petit mot avec leur identité, adresse et téléphone. Ou plutôt les voleuses, devrais-je dire, ajouta-t-elle avec une amertume où perçait un sous-entendu.

– Vous avez des soupçons ? relança Mila.

– Pour être tout à fait honnête, oui, j'ai des soupçons, mais la police n'a pas que ça à faire, paraît-il. Rechercher un livre dont l'estimation marchande, croyez-moi, n'est pas du tout en adéquation avec sa valeur historique, ne rentre malheureusement pas dans leurs priorités.

La bibliothécaire finit son café d'une traite, comme si elle cherchait à avaler la pilule. Puis, elle rentra à l'intérieur, en laissant tomber un « frisquet aujourd'hui » d'un ton anodin.

Mila et Tristan se dépêchèrent de lui emboîter le pas.

– Pouvez-vous nous dire ce que vous savez sur Charles de La Roche-Bannière ?

La bibliothécaire détailla les deux adolescents qui se tenaient devant elle. Les manières un peu gauches du garçon, le regard profond de la fille.

Drôle de couple, pensa-t-elle, pendant qu'elle commençait à raconter.

– Au vu de ce que l'on sait, dans la vie du vicomte subsistent de larges zones d'ombre. Des incohérences, même. Dans sa jeunesse, Charles de La Roche-Bannière était un seigneur éclairé, un homme des Lumières. Un passionné des sciences, d'histoire et d'archéologie. On se souviendrait sans doute de lui comme d'un artiste et ingénieur de valeur s'il n'avait pas été marqué par un drame qui changea la trajectoire de sa vie. Pendant une battue, son épouse fut mordue par une bête, probablement un loup, et contracta une étrange maladie, une forme de rage, peut-être. Le fait est qu'à partir de l'accident de sa femme adorée, le vicomte, comme je vous disais, devint complètement obsédé par le mythe du lycanthrope. Au point d'en perdre la raison.

La bibliothécaire marqua une pause. Elle vérifia d'un coup d'œil discret que dans la salle de lecture personne n'avait besoin de son aide, puis poursuivit son récit.

– Obnubilé par son idée fixe, La Roche-Bannière se lança dans une traque acharnée des prétendus loups-garous dont les environs, selon lui, étaient truffés. Il vira fanatique, si vous voulez. Et sanguinaire au passage. Je vous passe les détails, mais dans les prisons du château on a retrouvé des instruments dont on ne comprend même pas l'utilisation tellement ses tortures devaient être originales. C'est littéralement glaçant.

Mila et Tristan essayèrent de ne pas imaginer.

– Il faut dire qu'au même moment, continua la jeune femme, un animal particulièrement féroce terrorisait les villages des environs, on n'avait jamais vu ça, trente-trois attaques recensées dans les annales. Autant dire que l'idée du loup-garou trouvait de l'écho. L'histoire prit fin pendant la Révolution. Nous ne savons pas avec certitude ce qui est advenu de l'épouse du vicomte, ni de Charles de La Roche-Bannière lui-même, mais il est très probable que le peuple, las de ses exactions, lui ait coupé la tête. Il nous restait ses Mémoires, l'œuvre d'un esprit malade, certes, mais visionnaire. Les transformations du lycanthrope y étaient décrites avec un réalisme étonnant. Je regrette de ne pas pouvoir vous montrer les planches originales des dessins. C'était une merveille.

La jeune femme fit passer son regard de Mila à Tristan, étonnée par leur étrange concentration.

– Voilà, vous savez tout maintenant, conclut-elle, en revenant à ses dossiers.

Ce fut Mila, encore une fois, qui la relança :

– Madame… Pourquoi vous parliez d'une voleuse ?

La bibliothécaire émit un bref soupir.

– La dernière chercheuse à avoir consulté l'ouvrage a donné une fausse identité. Enfin, chercheuse… Elle avait l'air plutôt sauvage. Je mettrais ma main à couper que c'est elle qui a subtilisé les Mémoires.

– Vous vous souvenez d'elle ?

La bibliothécaire fixa Mila d'un regard où pointait l'agacement.

– Je m'en souviens parfaitement, mademoiselle. J'ai une très bonne mémoire, ça fait partie des prérogatives de mon métier.

Tristan crut que cette fois elle allait se taire pour de bon et plonger définitivement dans ses dossiers.

– Il faut dire qu'une telle tignasse rousse, on ne l'oublie pas facilement, ajouta enfin la jeune femme en oubliant pour une fois son langage recherché.

13

Tandis que le car du soir les ramenait aux Trois Chemins, Mila et Tristan firent le point de la situation.

Stella Desforges.

Elle était la seule survivante du groupe qui les avait précédés.

Elle avait volé les Mémoires du vicomte.

Ils devaient la retrouver.

La première chose à faire était donc de retourner à La Loubière et fouiller la bicoque qu'elle avait partagée avec Sidonie. Ils y découvriraient peut-être une piste.

– Milou…

– Oui ?

– Ça arrivera encore, c'est ça ?

Mila ferma les yeux un instant, le temps de ressentir en elle la certitude que oui, ça arriverait encore.

– Mais quand ? demanda Tristan, sans attendre sa réponse. J'éviterais bien si possible de muer devant mes parents. Ça mettrait une drôle d'ambiance à la maison.

– Tu m'étonnes, acquiesça Mila.

– Milou... tu étais dans quel état quand c'est arrivé ? relança soudainement Tristan.

– C'est-à-dire ?

– Tu vois, quand ce salopard de Baudet m'a touché, j'ai su que je devais me défendre. Ce n'était pas de la peur, mais... presque. J'ai réagi à la menace.

– La peur ? Non, je ne pense pas. Pour moi, en tout cas, la peur n'y était pour rien. Ivan Moss est juste un petit con, il ne m'effraie pas du tout.

Leurs deux téléphones sonnèrent en même temps.

– Ma mère, firent les deux adolescents à l'unisson.

– Elles communiquent par ultrasons, ironisa Tristan avant de répondre.

Mila pouffa et décrocha à son tour.

Le coup de fil de la mère de Tristan fut vite réglé.

Il se fit passer un savon d'intensité modérée, tu es où, que fais-tu, garder Félix, rentrer immédiatement. Il dit : C'est bon maman, je rentre. Et avec un soupir, elle raccrocha.

Avec la mère de Mila, les choses prirent plus de temps.

– Ça va ma chérie ?

– Ça va, maman.

– Tu rentres ?

– Je suis dans le car.

Mila entendit la question muette qu'Angèle Koré ne voulait pas poser pour ne pas se montrer envahissante. Avec générosité, elle y répondit spontanément.

– J'étais en ville, je suis allée à la bibliothèque.

Dans le silence qui suivit, elle comprit aussi que sa mère ne la croyait pas. Qu'elle pensait que la bibliothèque était une excuse, mais qu'en tant que parent moderne et compréhensif elle se devait de ne pas insister.

Ça m'apprendra à lui dire la vérité, pensa Mila, déçue. Et elle se referma comme une huître.

– Je vais être de garde toute la nuit, changea de sujet sa mère. Je rentrerai demain matin. Ça va aller ?

– Ben oui.

– Je te laisse le dîner prêt.

– Si tu veux.

– Tu fermes la porte avant de te coucher.

– C'est bon, maman, je sais.

– Une dernière chose. Ludovic est passé à la maison.

Mila retint son souffle un instant. Puis elle demanda :

– Comment il va ?

– Tu veux que je te dise, ma chérie ? Il n'avait pas l'air dans son assiette. Je pense qu'avec son père, ça s'est mal passé à nouveau.

– Qu'est-ce qu'il a dit ?

– Rien. Mais on aurait dit qu'il avait peur de quelque chose.

Quand Mila raccrocha, Tristan vit qu'elle était inquiète.

– Qu'est-ce qu'on fait avec Ludo ? demanda-t-elle.

Tristan ne sut quoi répondre.

Alors, il ne répondit pas, et le silence les enveloppa pendant le restant du trajet.

En descendant du car, ils se donnèrent rendez-vous pour le lendemain.

Puis Tristan détala vers sa maison, et Mila s'achemina plus doucement vers la sienne.

La peur.

Sa mère et Tristan avaient parlé de peur. S'agissait-il donc de ça ?

Et moi, est-ce que j'ai peur ? se demandait Mila tandis que le soleil déclinait en striant le ciel de nuages d'un rose presque outrancier.

Elle n'avait pas eu souvent peur dans sa vie.

Elle aurait pu.

Après le départ de son père, alors qu'elle n'était qu'un bébé, elle était restée seule avec sa mère. Puis seule, tout court, souvent, encore très jeune, la nuit, lorsque Angèle était de garde.

Mais la campagne qui s'étendait derrière sa fenêtre ne l'avait jamais effrayée. Les grognements des sangliers qui venaient manger les poires tombées de l'arbre étaient juste les grognements des sangliers. Elle le savait. Elle pouvait les voir dans l'obscurité. Elle aurait pu leur commander de partir, si seulement elle l'avait voulu. Ils auraient obéi, elle n'avait aucun doute là-dessus. La nature, les animaux lui obéissaient toujours. C'était aussi simple que ça.

De son pas sans hâte, elle arriva devant la maison.

Sa mère avait laissé la lumière du perron allumée, petite attention pour lui souhaiter la bienvenue.

Derrière la bâtisse, on apercevait le flanc de la colline qui montait, parsemée de chênes et de rochers.

Elle considéra l'hypothèse de rentrer. Elle était affamée. Elle ferait couler un bain. Avalerait le repas laissé dans le four par sa mère. Allumerait la télé sans conviction. S'endormirait peut-être sur le canapé, enroulée dans une vieille couverture.

C'était sa vie, avant. Combien de fois elle avait fait ça.

Mais la campagne était là, avec ses odeurs, son miroitement de feuilles encore éclairées par le jour déclinant, et Mila ressentait une envie grandissante de se frayer un chemin entre les buissons, gratter la terre, se rouler en boule dans la pénombre d'un arbuste.

Soudain, un éclair gris traversa la garrigue.

Longues pattes, oreilles démesurées.

Un lièvre.

Avant de le voir, Mila ressentit la peur de l'animal.

Et ses jambes s'élancèrent.

Puissamment, la voix explose dans sa tête.

Chasse !

Sans perdre de vue le buisson où le lièvre a disparu, Mila se libère de ses habits.

La bestiole détale et fait l'erreur de s'engager dans un espace à découvert.

Un frisson parcourt l'échine de Mila.

Elle se plie.

Les griffes à terre.

Retrouve ses réflexes dans son nouveau corps, rapide, puissant.

Ses pattes fendent la garrigue, ses yeux sombres ne quittent pas la proie.

La poursuite commence.

Aux commandes, la voix la guide.

Saute. Bifurque. Accélère !

Mila se laisse mener. Elle a faim. Elle en salive.

Sa double conscience perce par bribes dans l'excitation de la chasse. Elle est dans la connaissance de son corps, de ses deux natures qui cohabitent, l'une obnubilée par la poursuite, l'autre observant, stupéfaite, sa nouvelle force.

Le lièvre change de parcours, aveuglé de panique.

Mila sait maintenant qu'elle va l'attraper.

C'est une question de patience. Un dernier bond bien calibré et, dans quelques instants, elle le dévorera. Sa conscience humaine en rigolerait presque. Déchiqueter un lièvre avec ses dents. Se repaître de sa chair crue. Quelle idée.

Mais alors qu'elle est sur le point d'atteindre son but, quelque chose s'interpose.

Le chien-loup surgit devant elle par surprise et Mila bondit de côté, sur un rocher.

Les mâchoires claquent.

La peau est lacérée, le flanc ouvert, la gorge attaquée par une rangée de dents féroces.

La mise à mort est rapide. Avec une frénésie dictée par la faim, le chien gris dévore le lièvre.

Immobile, ordonne la voix à Mila avec inquiétude.

Elle reste sur le rocher, observant l'autre se rassasier de sa proie, des lambeaux de chair pendant de sa gueule, son beau pelage clair tacheté de sang.

Elle ressent la frustration de l'animal plus faible privé du fruit de sa chasse. Elle en grogne de colère.

En entendant son grognement, le chien-loup lève fièrement le museau de son repas.

Regarde Mila.

Se lèche les babines, les nettoyant des restes de viande. Abandonne avec dédain la carcasse du lièvre. Saute sur le rocher.

Mila recule.

Devant elle, le chien-loup gris est imposant. Un frisson parcourt les muscles de ses pattes. Il s'approche d'elle à pas lents, avec l'assurance de sa force écrasante.

Mila le sait, elle ne fait pas le poids.

Méfiance, suggère la voix.

Elle se demande s'il va attaquer. Il est le plus fort, elle n'a pas besoin de se confronter à lui pour le savoir. S'il entame le combat, elle succombera. C'est dans l'ordre des choses.

Elle devrait fuir, maintenant. Si lui est plus puissant, elle sera peut-être plus rapide.

Mais curieusement, elle n'a pas peur. Elle se tient là, les oreilles en alerte, dans l'attente des événements.

Elle rive alors ses yeux dans ceux de l'autre, et elle comprend.

La voix se tait dans sa tête, laissant parler sa conscience humaine, rien qu'un instant mais suffisant pour acquérir une certitude, pour baisser la garde.

Ces yeux verts.

Sans l'ombre d'un doute.

Ludovic.

Attention ! crie la voix en reprenant le dessus.

Les ongles du chien-loup grincent sur le rocher. Il saute. Il attaque.

Trop tard Mila se rend compte qu'il a bondi dans sa direction, la gueule ouverte. Son poids l'investit de plein fouet, elle ressent la puissance de son élan, roule sur la roche, écrasée par l'autre animal, qui cherche à la mordre.

Les dents trouvent une prise, son épaule. Elles plongent dans le pelage.

Mila attend la douleur. Elle sait qu'elle va arriver, lancinante, d'un instant à l'autre.

Mais la douleur ne vient pas.

Le chien-loup s'est mis à secouer la tête de droite à gauche, mordillant Mila sans serrer les dents, à la manière des chiots qui s'amusent entre eux.

Il joue.

Ludo joue.

Il se roule par terre, frotte son museau dans la mousse, s'éloigne, revient, sautille, la bouscule, en l'invitant à une bagarre innocente.

Oui, dit la voix avec un nouvel accent, plus trouble. Suis-le.

Mila obéit. Se relève, tente une timide bousculade.

Elle voudrait le mordre à son tour, tester les limites de ce que cet animal plus grand, plus fort est disposé à accepter d'elle. Elle se méfie encore de ses réactions.

Le chien-loup gris comprend. Il s'allonge alors sur le sol, relâche ses pattes et lui offre sa gorge, sans défense, dans un geste de soumission que Mila connaît, d'instinct, au plus profond de sa nature animale.

Elle se penche sur lui, qui attend immobile.

Silencieusement, elle renifle, approche ses dents de la carotide de l'autre, là où le pelage gris s'éclaircit pour devenir presque blanc. Elle pourrait la trancher d'un seul coup de crocs, sans effort.

Ludo ne bouge pas, abandonné.

Elle entrouvre sa mâchoire. Et de sa langue tiède, elle commence à lécher la gorge du chien-loup.

Il laisse échapper un gémissement, se frottant le dos contre la terre. Dès qu'elle s'éloigne, il se relève en sursaut, surexcité.

Et Mila et Ludo s'élancent dans la garrigue, se poursuivant, joueurs, ébouriffés, indifférents aux ronces et aux glissades.

Autour d'eux la campagne chute dans l'obscurité d'une nuit silencieuse, déchirée par le cri d'une chouette hulotte.

Leurs yeux n'ont pas besoin de lumière. Sans peine, leurs pattes trouvent les appuis. Dans la course, leurs épaules se frottent, puis s'éloignent à nouveau.

Ils dévalent la pente d'un vallon encaissé. Le bruit constant du torrent qui coule dans le creux résonne à leurs oreilles, tout près.

Ludo se fige alors.

Mila vient le chercher, joueuse.

Son immobilité l'intrigue, elle approche son museau. Ils se reniflent, soudainement tendus. Lorsque le chien gris se met à lui tourner autour, elle hésite.

Elle peut sentir son excitation monter.

Dans sa tête, sa conscience s'est tue, laissant parler les corps.

Au-dessus du vallon, la lune se lève en effleurant la ligne de l'horizon, démesurée, veillant en silence sur la campagne endormie.

14

Ce fut le froid qui la réveilla.

Dans l'air immobile d'une aurore sans mistral, le givre avait recouvert la garrigue de sa dentelle argentée. Sortant de l'ombre inquiétante de la nuit, la campagne redevenait délicate, parcourue par la magie subtile de l'hiver qui s'affirmait.

Mila ouvrit les yeux, l'esprit confus, aussi frigorifiée que sonnée.

Elle était allongée sur le flanc, à même le sol terreux, en chien de fusil.

Elle sentait la main gelée de l'aube sur son visage, sur ses seins, son ventre, ses jambes.

En frissonnant, elle s'étonna de ne pas ressentir le même souffle glacé derrière elle.

D'instinct, elle jeta un coup d'œil derrière son dos, et se figea.

Ludovic était là, endormi, serré contre elle, protecteur et fragile à la fois, si grand, profondément plongé dans le sommeil.

Nus l'un comme l'autre, épousant la même position, les épaules légèrement courbées, les jambes repliées.

Avant même que sa conscience ne fût assaillie par une avalanche d'images, son corps se souvint.

Elle déplaça le bras de Ludo qui reposait sur sa hanche, puis se releva, en espérant que le garçon ne se réveille pas. Sans qu'elle sache exactement pourquoi, l'idée de devoir lui parler, d'affronter une explication, de faire face à leurs souvenirs communs, la terrorisait.

Perdue, sa nudité exposée au gel de l'aube, elle remonta la pente du vallon en grelottant, s'écorchant les jambes à chaque pas, aussi bruyante et maladroite que la veille elle avait été agile et discrète.

Elle rejoignit les sentiers connus et redescendit vers sa maison en coupant à travers la garrigue.

Ramassa ses habits abandonnés sur le chemin et se dépêcha de se couvrir avec des gestes que le froid rendait hésitants.

Elle eut juste le temps de trouver les clés dans une poche et de pousser la porte d'entrée, avant que la voiture de sa mère n'apparaisse au bout de la route.

Tandis que Mila se terrait dans son lit sous une pile de couvertures, en essayant de chasser le gel qui lui étreignait les os, Angèle Koré se gara devant la maison et sortit de voiture, éreintée par sa nuit de garde.

Un morceau de tissu attira alors son attention, plus loin, abandonné par terre.

Elle s'en approcha et se pencha pour ramasser le t-shirt de sa fille.

Étrangement, elle le porta à son nez, le renifla, et une ombre d'inquiétude passa sur son visage.

Dès qu'il avait entendu les pas de Mila s'éloigner en écrasant le tapis de feuilles mortes, Ludo avait ouvert les yeux.

Il ne dormait pas.

Mais l'idée de regarder sa Mimile droit dans les yeux, dans ses vrais yeux, lui donnait le vertige. Il ne savait et ne voulait pas imaginer ce qu'elle pourrait dire. Serait-elle en colère ? Ou éprouverait-elle le même sentiment de plénitude que Ludo sentait naître dans son corps, maintenant, tandis qu'il se levait et embrassait du regard le vallon qui les avait accueillis et protégés pendant la nuit ?

Il préférait l'ignorer. Se concentrer sur ses sensations. Goûter à ce bonheur fragile.

Il se leva et descendit au ruisseau, en observant la végétation emprisonnée dans l'étau du givre.

Le froid ne l'effrayait pas. Il comprit qu'il pouvait lui résister, la mémoire de sa deuxième nature l'y aiderait. Dans la lumière de l'aube, son corps nu était presque blanc. À chacun de ses pas, les muscles se dessinaient sous le voile frêle de la peau.

Ludovic se sentait fort, solide, capable de tout affronter.

Il se pencha sur le cours d'eau qui ruisselait avec constance, but à même la berge, en lapant.

L'eau glacée coula dans sa gorge, réveillant un autre souvenir.

Dans un éclair, il revit son père, la veille, soûl, les yeux rougis de pleurs pour Baco, encore plus effrayant que d'habitude, encore plus fou. Il réentendit ses menaces, ses je l'aurai ce fils de pute, ce salaud de chien, je vais lui crever les yeux, lui couper les couilles. Il se rappela la peur qui montait, lui tordait le ventre, de plus en plus incontrôlable, la fuite avant que son père ne le découvre se transformant, la recherche d'un abri, Angèle lui ouvrant la porte, Mila n'est pas là, et enfin la forêt, unique refuge possible, les habits cachés, la voix qui explosait dans sa tête et la métamorphose, comme une libération, un retour aux sources, sentiment de puissance et de liberté infinie.

Sans hésitation, il s'avança dans l'eau.

Le froid l'enserra, augmentant encore sa sensation de vigueur.

Il pouvait compter sur son corps, il ne le trahirait pas.

Mimile non plus.

Désormais, ils étaient liés.

Lui, elle, le ruisseau, les feuilles figées dans la glace, l'air frais qu'il respirait, les moineaux dans le creux des troncs, les lombrics cachés parmi les racines, et chaque petite manifestation de la vie qui se terrait partout, autour de lui, avec patience, prête à éclore à nouveau, au signal du printemps.

Une impression d'harmonie l'envahit, et Ludovic sut ce qu'il devait faire.

Il reviendrait chez lui, prendrait quelques affaires et enfin partirait. Il ne s'infligerait plus la cohabitation avec son père. Même s'il n'était pas majeur, il pouvait raisonnablement espérer que le paternel ne le chercherait pas. Et puis, cela n'avait pas d'importance.

Il monterait dans la montagne. Vivrait caché dans les bois. Il saurait chasser. Peut-être que Mimile viendrait avec lui. Ensemble, ils exploreraient la puissance animale qui les habitait.

Il ferma les paupières et le visage de Mila dansa devant ses yeux.

Et pour la première fois, Ludovic se sentit heureux, plein d'espoir, parcouru par un bonheur si inhabituel qu'il en devenait presque douloureux.

Affolant de possibilités à venir.

Maintenant, il lui fallait être discret.

Ramasser son peu d'argent, quelques habits, et se tailler en vitesse.

Mais en pénétrant dans la cour de sa maison, Ludo aperçut deux autres voitures, garées côte à côte. Il y avait à parier que le paternel et ses amis étaient en train de cuver leurs beuveries et Ludo s'attendait à trouver la maison parsemée de leurs vieilles carcasses endormies.

La porte grinça légèrement lorsqu'il la poussa.

Sans préavis, la main du paternel s'abattit sur son épaule.

– Fiston, l'apostropha le Gris en le forçant à se retourner. Tu rentres juste à temps.

Et de sa poigne de fer, il l'entraîna avec lui.

Dans la cuisine, Ludovic découvrit trois autres hommes.

Ils ne ronflaient pas du tout. Ils ne dormaient même pas.

En silence, habillés de leurs gilets de chasse, ils vérifiaient leurs armes, concentrés, avec une détermination tranquille.

L'un d'entre eux préparait une boisson corsée, mi-café, mi-gnôle.

Le paternel s'empara du thermos et en versa une bonne rasade à son fils.

– Cette fois, on va les dégommer pour de bon.

Le verre de café alcoolisé à la main, Ludo ne bougeait pas.

– Bois ça, ordonna son père.

Un des amis du père fit claquer le canon de son fusil.

– Avec cette merveille on va ramasser de la bouillie de loup, les gars.

– Bois, je te dis ! insista le Gris en haussant la voix.

Ne pas énerver le paternel. Pas maintenant. Pas devant les copains.

Obéissant à son vieux réflexe, Ludo se força à boire le liquide chaud. Le goût brûlant de l'alcool lui tordit le ventre vide, mais le garçon s'empêcha de grimacer. Ne pas fournir de prétextes. Attendre qu'ils partent.

– C'est bien, le gamin, le félicita un des hommes. Avec ça t'auras pas froid.

Contrevenant à une de ses règles de défense – ne pas fixer le paternel –, Ludo ne put s'empêcher de jeter un regard à son père.

La douleur pour la perte de Baco avait disparu, noyée dans la soif de revanche.

– On part en battue, proclama le vieux, une lumière de fanatisme au fond des yeux. Et on ne rentre pas tant qu'on ne leur a pas explosé la tête, à tous ces clébards de merde.

– Hou, qu'il est fâché, le Gris ! commenta l'un des hommes.

– Tu le sais, faut pas l'emmerder, rigola un autre. Ça a toujours été comme ça.

Sans lâcher l'épaule de son fils, le paternel se rapprocha de la table de la cuisine.

– Faut que tu te changes. Tu mets plusieurs couches d'habits, l'une sur l'autre, compris ? Et tu laisses là ton foutu téléphone, je ne veux pas de bip-bip à la con dans les bois. Ça fait fuir les bêtes.

Ludovic ne comprit pas tout de suite pourquoi son père voulait qu'il se change. Dans une impression de ralenti, il se laissa entraîner près de la table, vit le paternel s'emparer d'un fusil et le lui poser de force dans les mains.

– Cette fois, tu viens avec nous.

Soudainement, Ludovic réalisa le danger.

– Mais je ne sais pas tirer, tenta le garçon, en osant enfreindre la règle numéro un : ne pas contredire.

– Il serait peut-être temps d'apprendre, le gamin, lâcha l'un des copains, d'un ton de reproche.

– Il a quel âge, ton rejeton ? ricana un autre, à l'adresse du père.

Comme toute réponse, le paternel attrapa une oreille de Ludo de sa main pleine.

– Tu viens avec nous, j'ai dit. Et je veux te voir tirer, petit con.

Ludovic grimaça de douleur et tenta de se dégager, mais son père resserra sa prise, comme s'il était prêt à lui arracher l'oreille sans état d'âme.

– Oh, calme-toi, intervint un chasseur. Il va venir, ton gosse. Pas vrai que tu vas venir ?

Les larmes aux yeux, Ludovic ne répondit pas.

– Oh putain, il chiale, marmonna le paternel en le lâchant enfin, avec un mépris infini.

– Ah les mioches d'aujourd'hui, conclut un de ses amis, philosophe.

Une heure plus tard, trois voitures roulaient en montant vers la montagne. Deux autres hommes armés jusqu'aux dents s'étaient joints à l'expédition, portant à sept l'effectif. Une battue dans les règles de l'art.

Assis à l'arrière du premier 4 × 4, entre les silhouettes massives de deux chasseurs, Ludovic tenait un fusil à la main.

Son visage impassible ne laissait pas deviner ce qui se passait dans sa tête.

La voix.

Elle pouvait se manifester à tout moment, Ludo le savait.

Il savait aussi que pour la maintenir sous contrôle, il devait maîtriser sa peur. Ne pas imaginer. Ne pas se projeter dans l'avenir.

Pour éloigner la panique, il se concentrait sur des détails anodins, le revêtement en cuir des sièges, la couleur du pantalon de son voisin, l'odeur âcre du tabac qu'un passager fumait avec nonchalance depuis leur départ.

À l'avant, le paternel conduisait d'une main ferme, étrangement sobre.

Surtout ne pas le regarder, se dit Ludo, les mains crispées sur le fusil. Ne jamais plonger ses yeux verts dans ceux de son père.

Dans la grotte qui lui servait de refuge, la chienne rousse ouvrit les yeux.

Après un long sommeil, la blessure était en train de guérir mais la faim hurlait dans son ventre.

Elle devait se nourrir. Trouver quelque chose à se mettre sous la dent qui ne lui demande pas d'effort.

Une image traversa alors son esprit embué, une vision qui émergeait d'une autre vie, infiniment lointaine. Une route de montagne. Des vieilles pierres. Un poulailler. Des volailles grattant le sol d'une modeste cour grillagée.

Sachant d'instinct comment retrouver son chemin, la chienne rousse sortit de sa cachette et se faufila à travers la garrigue, laissant à son pas constant la tâche de la conduire là où elle pourrait facilement rassasier sa faim.

15

– Milou.

Mila se réveilla dans un état second, incapable de situer dans le flux de son existence cet instant, cet endroit, ce visage qui la regardait.

Une heure plus tôt, comme convenu, Tristan l'avait attendue à l'arrêt des Trois Chemins. Elle n'était pas venue. Soucieux, échafaudant toutes sortes d'hypothèses alarmantes, Tristan s'était alors rendu chez les Koré. Il avait sonné longtemps, la gorge serrée d'inquiétude, en entendant par-delà la porte close le son de la clochette qui se propageait inutilement à l'intérieur de la maison.

Après plusieurs minutes, Angèle lui avait ouvert, les yeux gonflés de sommeil, avec la mauvaise humeur du dormeur ayant accompli son devoir et pourtant injustement dérangé.

– Mila est là ?

– Bonjour, quand même. Je présume qu'elle dort encore, elle. La veinarde.

Tristan avait foncé dans la chambre de son amie.

– Ça va, Milou ?

Mila se secoua mollement, le regard voilé de rêves presque oubliés. D'un geste fatigué, elle repoussa le tas de couvertures et se leva, chancelante.

– Je vais prendre une douche, murmura-t-elle, la bouche pâteuse.

En frôlant Tristan, elle perdit l'équilibre et s'appuya sur l'épaule de son ami.

Ce fut alors que Tristan perçut l'odeur.

L'effluve du mâle, que ses nouveaux sens plus puissants distinguaient sur elle, aussi précise et nette qu'une photo.

Dans un réflexe incontrôlable, il montra ses dents.

Mila recula, soudainement réveillée.

Tristan respira, lui-même surpris par sa réaction instinctive d'agressivité.

Pour lui, la nuit avait été calme, sans métamorphose. Il éprouvait maintenant une jalousie indéfinissable, accompagnée par la certitude d'avoir été exclu de quelque chose.

– Tu as vu Ludovic, affirma-t-il d'une voix qui se voulait plus calme.

Mila le regarda en silence.

– Je te raconterai plus tard, finit-elle par rétorquer, avant de disparaître dans la salle de bains.

Cette fois, ils garèrent le scooter plus bas sur la route, avant le dernier virage. Ils devaient éviter d'être repérés par le regard omniprésent de la Marie-Claude. Ils avaient donc prévu de remonter le flanc de la montagne en coupant à travers les bois, de contourner le hameau de La Loubière et de s'approcher ainsi par-derrière de la maison à l'écart où avaient vécu Sidonie et Stella. Ils trouveraient bien un moyen de s'y introduire.

Ils avancèrent sans un mot à travers les hautes fougères jaunies, l'un comme l'autre heureux de pouvoir attribuer leur silence gêné à la discrétion que leur plan exigeait. La mousse verdâtre du sous-bois amortissait leurs pas. Le froid leur piquait les joues et les lèvres.

Alors qu'ils approchaient de la lisière de la forêt, une conversation parvint à leurs oreilles.

– Quel massacre, se lamentait une voix féminine que les deux adolescents ne tardèrent pas à identifier comme celle de Marie-Claude.

– Que veux-tu, quand on tente le diable ! répondit une deuxième voix rouillée de vieille dame.

Les deux femmes se tenaient devant ce qui avait été le poulailler de Sidonie et de son amie Stella.

Un pan de la grille gisait au milieu de l'enclos, lacéré, ouvrant un trou béant dans la clôture. Quant aux poules, il ne restait d'elles qu'un tas de plumes et de carcasses.

– Laisse le diable dans l'enfer où il doit rôtir, ma Jeannette. Le Démon ne mange pas de poulets, mais le renard oui, ma parole !

– Le renard, tu dis, le renard ! Tu crois, toi, que le renard peut déchirer ce grillage comme ça, comme si c'était du papier de soie ?

Enroulées dans leurs épais manteaux, les commères échangèrent encore quelques mots devant le poulailler dévasté, puis redescendirent vers leurs maisons, passant avec autant de verve à disserter sur l'air glacé qui tenaillait la vallée.

– Un froid comme celui-là fin novembre, ma Marie-Claude, tu t'en souviens, toi ?

– On est mal partis, ma pauvre !

– Et à la télé, ces bourriques nous parlent du climat qui se réchauffe...

– Ah les fadas...

Mila et Tristan attendirent que leurs voix s'éteignent le long du chemin.

Puis sortirent des fougères et s'approchèrent de la maison.

L'odeur d'urine qu'ils avaient perçue lors de leur première visite les assaillit, plus forte encore, mêlée à celle du carnage, encore fraîche, âcre. Le parfum du sang les prit à la gorge et à la tête, réveillant à la fois la méfiance et la faim. L'un comme l'autre, ils durent faire un effort pour se contrôler.

– Ça m'étonnerait qu'elle soit fermée à clé, murmura Mila en indiquant la porte qui reliait l'intérieur de la maison à l'enclos du poulailler.

– Merci le renard, commenta Tristan en franchissant le passage ouvert dans le grillage.

Ils traversèrent la scène du massacre en retenant leur souffle.

Soulagés, ils poussèrent la porte, qui s'ouvrit silencieusement vers l'intérieur de la maison, en balayant des moutons de saleté et des araignées affolées.

Ils se trouvaient dans une pièce unique, très simple, organisée autour d'une vieille cheminée.

Des rais de lumière perçaient par les fenêtres aux volets fermés, remplissant le lieu de stries lumineuses où l'on voyait danser des volutes changeantes de poussière. Une échelle raide en bois conduisait au grenier.

– Qu'est-ce qu'on cherche ? demanda Tristan.

– Primo, les Mémoires du vicomte, répondit Mila. Et puis, tout autre indice sur l'endroit où trouver Stella aujourd'hui. Elle pourrait nous en expliquer, des choses, tu ne crois pas ?

– Et si elle ne veut pas nous parler ?

– Ça ne coûte rien de demander.

Tristan grimaça. Quelque chose lui suggérait que bien au contraire, ça pourrait leur coûter cher. Pour chasser son mauvais pressentiment, il se concentra sur la fouille.

Il regarda parmi les emballages d'aliments qui s'alignaient sur une étagère au-dessus de l'évier. La plupart des denrées étaient périmées. L'huile avait gelé dans sa bouteille. Quelques vieilles pommes avaient moisi dans leur panier.

– Beurk, grimaça Tristan. Ça doit faire un bail que personne n'a fait la cuisine, ici.

Mila ne commenta pas, absorbée dans l'exploration du coin cheminée.

Elle avait ses raisons de se focaliser sur sa recherche. Au cours de la matinée, les images de la nuit passée avec Ludo n'avaient cessé de défiler devant ses yeux, par à-coups imprévisibles, provoquant dans son corps des explosions de sensations physiques qu'elle avait du mal à cacher à Tristan. Elle avait toujours considéré Ludovic comme un ami, un frère. Guidée par sa nature sauvage, elle découvrait aujourd'hui que ses sentiments pour lui étaient plus complexes, difficiles à cerner.

À nouveau, elle chassa ses souvenirs et se concentra sur l'imposante cheminée.

Elle souleva une couverture posée par terre, près d'un tas de bûches. Un nuage de poils se répandit dans l'air.

Puis, quelque chose attira son regard dans le tas de cendres qui encombraient encore le foyer. C'était une sorte de tablette, un carré de cuir à moitié brûlé, attaqué par la chaleur lente des braises.

– Tristan, appela Mila en sortant l'objet des cendres.

Le garçon s'approcha, pendant qu'elle nettoyait le vieux cuir.

– Qu'est-ce que c'est que ça ?…

– Tout ce qui reste des Mémoires du vicomte, répondit Mila d'une voix abattue.

Et elle lui montra ce qui avait été la couverture du volume, où le titre était encore lisible par endroits : « Mém… comte… Bannière… »

– Merde.

– Le bec dans l'eau.

À l'aide d'un bout de bois, Mila fouilla encore dans les cendres, mais elle ne trouva rien qui puisse ressembler à des pages miraculeusement sauvées des flammes.

– Je me demande pourquoi elles les ont brûlés, réfléchissait Tristan à voix haute.

Mila laissa tomber bruyamment son bâton.

– Une autre question à poser à Stella lorsqu'on la retrouvera, insista-t-elle, déterminée. Tu montes ? proposa-t-elle ensuite. Je finis de chercher ici.

– Si tu veux, répondit le garçon, toujours aussi peu convaincu qu'un entretien avec Stella Desforges fût une bonne idée.

Néanmoins, il gravit l'échelle rudimentaire qui menait au grenier.

À l'étage, une forte odeur de renfermé flottait dans l'air.

Tristan détailla les vieux matelas posés à même le sol, les oreillers sans taie, les draps jaunâtres. Plus qu'un lit, une niche.

Les narines assaillies par la trace de corps disparus, et pourtant encore présents avec leurs fluides, leurs cheveux perdus, la vague forme de leurs silhouettes imprimées dans le rembourrage du duvet, Tristan fut pris de vertige. Il sentit distinctement quelque chose bouger au fond de lui, les tripes remuées par une mémoire olfactive qui remontait très loin, plus loin que sa propre conscience.

Ce fut alors que, au rez-de-chaussée, Mila cria.

Un instant suspendu, de silence absolu, s'ensuivit.

Tristan se lança vers l'échelle, prêt à la dévaler, rata un barreau, glissa, se rattrapa maladroitement, dérapa et finit par atterrir en bas, sonné et sans défense, le ventre et la gorge exposés.

De son point de vue, au ras du sol, il voyait que la porte de la maison était maintenant grande ouverte.

Mila avait reculé contre la cheminée. Elle montrait les dents et courbait les épaules. Son regard vitreux indiquait que la voix avait recommencé à parler dans sa tête. La métamorphose se rapprochait.

Devant elle se tenait un vieil homme, habillé d'un poncho usé, le visage presque entièrement mangé par une barbe broussailleuse, les yeux clairs et perçants.

En dernier, le regard de Tristan glissa le long du bras osseux du vieillard et y découvrit ce qui avait poussé Mila dans ses retranchements : un long couteau de chasseur, tendu vers eux dans un geste de menace.

Tout comme son amie, Tristan sentit ses cheveux se hérisser. La voix se fraya un chemin dans sa tête, prête à l'emporter vers sa nature animale. Mais avant que leurs instincts de défense ne prédominent, le vieil homme éclata de rire.

– Beau plongeon, le jeune, ironisa Abel, l'ermite de La Loubière.

Lorsqu'ils virent le vieux ranger le couteau dans sa poche avec une indifférence soudaine, Mila et Tristan se relâchèrent. La tension fondit dans leurs corps. Sans avoir eu le temps de grandir dans leur tête, la voix se tut.

– Avec des gens de votre espèce, il faut se méfier, grommela le vieux comme une vague excuse.

Des gens de notre espèce, pensa Mila en jetant un coup d'œil à Tristan. Et sans besoin de mots, son ami comprit exactement ce qu'elle pensait.

Il sait.

Cet homme sait.

16

– Vous cherchiez la rouquine, c'est ça ?

– Vous la connaissez ?

Abel ne répondit pas.

S'aidant avec sa canne, il marchait à travers les bois si rapidement que Tristan se demandait s'il ne tentait pas de les semer. Alors que les deux adolescents étaient obligés de ralentir souvent pour éviter les faux pas, le vieil homme se frayait un chemin dans l'enchevêtrement épais de la forêt sans hésitation, avec une agilité et une énergie que son âge n'aurait pas laissé deviner.

De temps en temps, il leur posait des questions abruptes, comme s'il suivait en silence le fil de sa pensée.

– Je vous reconnais, vous êtes déjà venus là. Il y a deux ou trois jours, hein ?

Mila essayait à son tour de le relancer, dans l'espoir de grappiller des informations utiles.

– Vous connaissiez Sidonie ?

Mais Abel ne répondait jamais. À la place, il accélérait la cadence.

– Vous êtes lents ! râlait-il alors, de mauvaise humeur. Vite, il faut faire vite !

– Pourquoi ? tentait Mila, en vain.

Parmi les branches des châtaigniers, la lumière hivernale déclinait rapidement.

Abel ne ralentit que lorsqu'il aperçut un cabanon au plus profond de la forêt.

– Entrez, ordonna-t-il lorsqu'ils rejoignirent la porte.

Frigorifiés, Mila et Tristan n'eurent pas besoin de se consulter pour obtempérer.

Une agréable tiédeur les accueillit à l'intérieur. La pièce était réchauffée par un poêle en fonte et la marmite qui y était posée dégageait une inimitable odeur de soupe.

Sans un mot, Abel s'activa pour couper un gros pain de châtaigne aussi noir qu'épais et leur servit un bol de liquide brunâtre.

– Asseyez-vous, lança le vieux de mauvaise grâce. Et avalez ça.

Intimidés, les deux adolescents se regardèrent. L'ermite avait l'air d'un fou.

– Qui êtes-vous ? osa Mila, sans attraper le bol.

– Mange d'abord ! aboya Abel en guise de réponse. Ensuite, on parlera, ajouta-t-il, en baissant d'un ton.

En constatant que les deux jeunes restaient sur leurs gardes, le vieil homme fit une concession et précisa sa pensée.

– La faim aveugle l'esprit. Et je veux que pour m'écouter, vous ayez la tête claire.

Quelques minutes plus tard, réchauffés, Mila et Tristan reposèrent leur bol, où restait un fond de feuilles d'ortie et de pommes de terre.

Si un jour on m'avait dit que j'aimerais la soupe d'orties, pensa Tristan.

Mila, elle, était absorbée dans la contemplation d'une indéfinissable peau d'animal étendue au sol, lorsque la voix d'Abel résonna dans la cabane, plus basse qu'à l'accoutumée.

– Trente-trois mille ans.

Les deux jeunes regardèrent le vieillard qui se tenait maintenant près du poêle.

– C'est une histoire vieille de trente-trois mille ans que je vais vous raconter ce soir. Une histoire qui commence le jour où *Homo sapiens* a apprivoisé le loup, donnant naissance au chien.

La voix d'Abel était différente. Sous l'apparence de l'ermite bougon perçait la parole du vieil érudit.

– Personne ne sait comment cela s'est produit exactement. On raconte qu'une communauté préhistorique avait adopté des louveteaux à peine nés, que ceux-ci avaient bu le lait des femmes, recevant dans leur chair une partie d'humanité, reconnaissant désormais l'être humain comme ascendant, maître, parent et créateur. Ce ne fut pas tellement difficile, pour le loup, de se muer progressivement en chien. Animal social, il était déjà habitué à chasser en groupe, il connaissait la hiérarchie de la meute, la soumission à son chef. *Canis lupus* fut donc le premier compagnon de nos ancêtres. Le premier animal à partager leur quotidien. Au fur et à mesure qu'il suivait son nouveau patron dans ses activités, il se transformait, pliait son corps et ses volontés à celles de son seigneur. Avec lui, pour lui, il chassait, guidait, traînait. Et pourtant, malgré son dévouement, enfouie en lui, sa nature sauvage continuait de vibrer.

Impressionnés, Mila et Tristan écoutaient en silence.

– L'homme comprit rapidement qu'il lui faudrait trouver le moyen de contrôler les instincts de la bête. Éviter que dans les moments de peur, de faim, de désir, lorsque sa survie était en jeu, le chien ne redevienne loup, menaçant les enfants qu'il côtoyait, égorgeant le bétail qu'il devait garder, mordant la main qui le nourrissait, et parfois, au passage, le frappait. Il ne pouvait y avoir de cohabitation qu'à cette condition. Que le sauvage soit arraché de l'animal. La maîtrise de l'homme sur son environnement commença ce jour-là.

Abel marqua une pause.

Les deux adolescents virent l'ermite se lever et s'approcher d'un placard, où ils aperçurent plusieurs étagères remplies de livres et de bouteilles. Le vieil homme en extirpa une boîte, puis revint vers eux.

– *Homo sapiens* savait à quel point les instincts étaient utiles. S'il était nécessaire de priver le loup de sa nature sauvage pour le garder près de soi, il était également très tentant de lui soustraire cette force, de se l'approprier. Car elle contenait une puissance extraordinaire. La femme avait donné son lait au loup, lui transférant son humanité. Au tour du loup de nous donner un peu de sa sauvagerie.

Lorsque Abel ouvrit la boîte, Mila et Tristan découvrirent une forme enveloppée dans un tissu élimé, reposant sur un lit de vieux papiers. Tout en parlant, le vieillard commença à défaire le ballot, précautionneusement.

– Ce furent les chamans qui se chargèrent de voler l'âme au loup. Dans un état de transe, ils se coulèrent dans le corps de l'animal, ils endossèrent la violence, l'agressivité, la force. Ils se transformèrent en fauves, et en tant que tels chassèrent en meute, des nuits durant. Quand ils revinrent de leur voyage, ils avaient gardé en eux les réflexes de la bête. Mais leur nouvelle nature effraya les autres hommes de la communauté. Comme le loup jadis redouté, ils étaient imprévisibles, capables de redevenir des bêtes lorsque leur instinct leur en soufflait la nécessité. Et le phénomène prenait de l'ampleur de jour en jour, comme si l'esprit humain n'était pas assez solide pour s'opposer trop longtemps à celui du loup, mais se laissait lentement grignoter par l'appel du sauvage.

Les doigts d'Abel ouvrirent le dernier pan de tissu en dévoilant un objet. L'ermite le contempla un instant, avant de le soulever devant lui pour le montrer à ses jeunes hôtes.

– Les hommes avaient volé l'âme du loup. Pour ne pas perdre la leur, ils découvraient maintenant qu'il leur fallait limiter dans le temps l'union avec l'animal.

Dans ses mains, une tête sculptée dans la pierre semblait regarder les deux adolescents.

C'était un très vieux masque, au museau pointu, orné de dents et de petites oreilles.

Un masque de loup.

– Les chamans tentèrent alors de se défaire de l'esprit de la bête. Mais les choses ne se passèrent pas comme prévu. Leurs cérémonies échouaient, au prix de grandes souffrances. Certains d'entre eux restaient féroces pour toujours, n'hésitant pas à s'attaquer à la communauté, plus sanguinaires qu'une bête. Ils avaient voulu maîtriser la voix de la meute. Ils découvraient trop tard que la voix de la meute était plus forte qu'ils ne l'avaient soupçonné. Dès lors, les hommes ne virent qu'une solution. Si l'âme du loup ne pouvait pas être anéantie, peut-être elle pourrait être confiée à d'autres, capables de la porter, un temps, avant de la transmettre à leur tour. Il leur fallait désormais trouver des remplaçants.

Un instant de silence plana dans la cabane.

– Depuis, partout sur la planète, dans des endroits aussi éloignés que perdus, dans le désert comme dans les pays des neiges, de l'Antiquité à nos jours, les hommes racontent la même histoire, celle du lycanthrope qui rôde parmi eux, mord et passe ainsi au prochain la tâche de porter sur ses épaules ce fardeau primitif. Homme-loup ici, homme-chacal ou homme-hyène dans d'autres cultures, capable de renouer avec les métamorphoses spirituelles des chamans, il est le dépositaire de la nature sauvage de la communauté.

– Comment savez-vous tout cela ? demanda Tristan de but en blanc.

Avec un mouvement aussi inattendu que rapide, Abel remballa le masque de loup, rangea la boîte au fond du placard et attrapa une bouteille d'eau-de-vie à la place.

– J'ai trop parlé, faut que je m'arrose le gosier.

Les deux amis échangèrent une œillade, perplexes devant son brusque changement.

Après avoir bu une bonne rasade d'alcool, le vieillard planta ses pupilles de glace dans les yeux de l'adolescent.

– Tu n'as pas besoin de demander. Toi aussi, tu le sais. C'est en toi.

Est-ce que je le sais, se questionna Tristan en silence, dubitatif.

– De mon côté, poursuivit Abel, je l'ai rapidement su, quelque part, dans mon corps. J'ai vu des scènes qui étaient gravées depuis toujours dans la mémoire de chacune de mes cellules. Depuis, j'ai dédié ce qui restait de ma vie à cette recherche.

– Comment ça ?

– Nos montagnes sont truffées de cavernes, un vrai gruyère, rempli de peintures rupestres et de vestiges préhistoriques.

– Le masque, c'est vous qui l'avez trouvé ? s'étonna Tristan.

Abel acquiesça.

– Un jour, j'ai découvert un endroit qui contenait la preuve de ce que j'avançais… Mais on parlera de ça plus tard. Je dois d'abord vous expliquer quelque chose d'important.

– Pourquoi vous nous racontez tout ça ? le coupa Mila, avec méfiance.

Abel étira ses lèvres dans un sourire indéfinissable.

– Tu ne devines pas ?

L'ermite fit un pas en direction de la jeune fille qui, d'instinct, recula.

– Car autrefois, j'ai été l'un de vous.

Et dans la pénombre moite de sa bouche, entourée par sa barbe touffue qui lui faisait une gueule d'animal, Mila et Tristan virent scintiller une rangée de dents solides, usées mais puissantes, qui dans leur vie avaient sûrement servi à croquer autre chose que des pommes de terre et des feuilles d'ortie.

17

Ludovic avait froid. Il avait faim. Malgré son entraînement à la course, il était épuisé.

Il regarda, devant lui, le dos des hommes qui le précédaient dans la forêt, fusil à la main, sifflant les limiers de temps à autre.

Dans l'après-midi, trois des chasseurs, les plus raisonnables et mesurés, étaient rentrés à la maison après avoir tiré plusieurs sangliers.

Ça avait dégénéré en dispute avec le paternel.

– On n'est pas là pour le gibier, avait-il gueulé, prêt à leur exploser la tête d'un coup de crosse.

Mais les trois hommes n'avaient pas cédé. Ils avaient rappelé leurs chiens et s'étaient éclipsés dans les bois, pour revenir aux voitures qu'ils avaient laissées plus bas, dans la vallée.

Ludo les avait vus partir avec appréhension, regrettant de ne pas pouvoir se joindre à eux. Mais un seul regard du paternel avait suffi à le mettre en garde. La colère qu'il avait dû ravaler face à la désertion des copains, il n'aurait pas hésité à la déverser sur lui.

Avec père et fils, étaient restés les deux autres, obtus et fidèles, ceux qui ne s'opposaient jamais aux décisions du Gris.

Cela faisait des heures qu'ils erraient ainsi dans la montagne, ignorant obstinément toutes les proies que les chiens débusquaient.

– Je veux ces satanés bâtards. Ils sont ici, je le sais, répétait le Gris.

Et il ne disait pas ça au hasard. Plus tôt dans la journée, un des chasseurs du groupe avait reçu le coup de fil d'un ami : une chienne errante, la rousse, avait été aperçue sur le Serre des Âmes.

Depuis, le paternel avait redoublé d'énergie. Il ouvrait la marche de son allure rapide, butée.

Ses copains lui emboîtaient le pas.

À la traîne, Ludo suivait, éreinté.

Ce n'était pas son corps qui était fatigué, mais son esprit.

Dans la forêt, résister à ses instincts était une torture à petit feu ; garder la voix sous contrôle, un effort de chaque instant. Autour de lui la montagne vivait, odorante de résine, d'humus, habitée de présences que sa nature animale ressentait distinctement. L'envol d'une perdrix. La course d'un lièvre. Les escargots qui glissaient avec nonchalance sur les troncs des arbres. Avec la faim qui lui tenaillait le ventre, tout devenait un irrésistible appel à la chasse.

Sans préavis, le paternel s'arrêta, scruta le ciel. Rappela les chiens.

– Il va faire nuit, constata un de ses amis d'une voix plate.

– On a les lampes torches, rétorqua le Gris.

Puis il laissa tomber sa décision, définitif.

– On ne rentre pas. On va dormir dans les bois, si nécessaire. Ou vous avez peur de vous geler le cul ?

Putain, merde, pas ça, pensa très fort Ludovic, en espérant de tout cœur que les deux autres protestent à sa place.

Les amis du paternel se consultèrent du regard. Puis ils finirent par hausser les épaules, avec une indifférence imbécile.

En les observant, Ludo comprit soudainement que les hommes obéissaient aux mêmes lois que les loups. Son père était le chef de la meute. Et il le resterait tant qu'un jeune mâle ne viendrait pas prendre sa place.

Les limiers déboulèrent, répondant comme les chasseurs aux ordres de leur maître.

L'un d'eux avait un lièvre presque mort dans la gueule et le déposa devant le Gris, en se léchant les babines.

Une ombre de regret voila les yeux du paternel, et Ludo sut qu'il pensait à Baco.

Puis, d'un geste brusque, il chassa le souvenir et relança en même temps le lièvre aux chiens, en leur donnant ainsi l'autorisation de le garder pour eux.

Les braques se jetèrent sur leur repas avec une furie sauvage. Ils déchiquetèrent le corps de la petite bête en s'arrachant ses membres, en grognant l'un contre l'autre, prêts à défendre jusqu'au bout leur part de dîner.

Résistant à la tentation de se lancer à son tour dans la mêlée pour gagner un morceau de viande, Ludo se détourna.

– Ouh, qu'il est sensible ton gamin ! ironisa un des chasseurs en voyant le regard troublé du jeune homme devant le massacre.

Le Gris haussa les épaules, méprisant.

Ludovic ne répondit pas, ne bougea pas.

Un mot de plus, un geste, un souffle, et la voix du loup exploserait dans sa tête, irrépressible.

Son esprit chercha désespérément une bouée de secours.

Et l'image de Mila s'imposa à lui, son visage endormi qu'il avait contemplé à l'aube, avant qu'elle ne se réveille. Ses lèvres brunes d'une incroyable beauté. Son corps couleur cannelle recroquevillé sur l'herbe. Ses cheveux noirs sertis par le givre.

C'était quelques heures plus tôt, une journée à peine.

Et cela lui paraissait pourtant infiniment loin.

À quelques kilomètres de là, dans la cabane d'Abel, Mila et Tristan s'étaient rapprochés et se tenaient maintenant épaule contre épaule devant le vieil ermite.

– Comment ça, un de nous ? lâcha Tristan. Vous n'étiez pas à la résurgence au moment de l'attaque.

– En effet, j'aurais dû dire un de vos prédécesseurs. J'ai été mordu il y a un bon paquet d'années. Mais mon histoire ne vous intéresse sûrement pas. Vous êtes trop jeunes pour vous soucier des récits d'un vieillard. Ce qui vous intéressera peut-être, c'est ce que je peux vous apprendre sur vous-mêmes.

Mila et Tristan gardaient le silence. L'odeur de soupe qui se dissipait leur laissait maintenant percevoir les effluves inconnus qui imprégnaient la cabane, et les deux adolescents restaient sur le qui-vive, méfiants.

Devant leur regard buté, le vieillard éclata d'un bref rire moqueur.

– Vous devriez vous calmer. Vos émotions finiront par vous emporter.

– Emporter ? Où ça ?

– Ah, l'adolescence ! aboya soudainement Abel. J'avais oublié à quel point on peut être stupide à votre âge ! Je ne sais pas pourquoi vos prédécesseurs vous ont choisis, mais ils ont fait une grosse erreur. Vous êtes trop jeunes ! Jeunes et bêtes !

L'explosion de colère du vieil homme eut l'effet d'une douche froide sur Tristan et Mila.

L'ermite alla se servir un autre verre et l'avala cul sec, comme si devant l'ampleur de leur sottise il avait sacrément besoin d'un remontant.

– Avez-vous compris, au moins, quand et pourquoi vous vous transformez ? grogna-t-il en reposant son verre d'un coup de poing sur la table.

Comme un éclair, le souvenir de la nuit passée dans les bois frappa Mila, qui blêmit et ne répondit pas.

Ce fut Tristan qui brisa le silence, se décidant enfin à baisser la garde.

– Ça m'est arrivé une seule fois. J'avais senti... un danger.

– Une seule fois ? Tu sais garder tes émotions sous contrôle, on dirait.

Abel les dévisagea.

– La métamorphose ne prévient pas. Lorsque j'ai dû y faire face, j'ai mis des mois à comprendre. Je me suis terré, comme tous mes prédécesseurs. J'ai fui la compagnie des hommes, terrorisé par l'idée que l'on découvre mon secret. Émerveillé par ma nouvelle force. Apeuré aussi par cette violence que je découvrais en moi, incontrôlable. Peu à peu, dans le silence et dans la solitude des bois, là où personne ne pouvait me surprendre, j'ai commencé à déchiffrer le mécanisme.

– Les instincts, comprit Mila. C'est lié aux instincts.

– Bravo, jeune fille. La transformation arrive lorsque vous êtes en proie à des sensations trop fortes, que vous ne maîtrisez pas, des pulsions qui ont à voir avec la faim, la peur, la défense, la reproduction. Bref, la survie. De soi-même et de son espèce.

Abel caressa la bouteille d'eau-de-vie, absorbé par ses souvenirs.

– Comme tous les pouvoirs, c'est un don et une malédiction, ajouta-t-il avec un étrange sourire. Il n'est pas le même pour chacun. Car chacun peut en faire un usage différent.

– Un pouvoir ? se lamenta Tristan. Tu parles, se transformer à l'improviste en bête sauvage…

– Tu n'as encore rien vu, mon garçon, répondit le vieillard, avec un léger frisson.

– Et on redevient soi-même…, poursuivit Mila en réfléchissant à voix haute.

Le vieil homme attendit qu'elle trouve par elle-même.

– … en dormant, conclut-elle. C'est ça ?

– Exactement. Lorsqu'on lâche prise. Le sommeil provoque une baisse de température qui en quelque sorte éteint le feu de la pulsion, et nous permet de nous retrouver.

– Mais comment ça s'arrête ? Je veux dire, ce n'est pas pour la vie, si… ? s'inquiéta Tristan.

Abel prit une grande inspiration.

– J'y viens. C'est le plus important.

L'ermite se pencha sur la table, de manière à se rapprocher de ses jeunes hôtes.

– L'âme du loup qui vit en vous grignotera une place de plus en plus grande dans votre corps, dans votre existence. Au début, vous éprouverez une sensation de puissance. S'abandonner au sauvage est comme une libération. Vous explorerez des territoires inconnus. Personne ne peut tracer le chemin à votre place, il vous faudra trouver vos limites par vous-mêmes. En les cherchant, vous plongerez dans un état de confiance absolue frôlant le délire.

Abel les regarda, l'un après l'autre.

– Vous vivrez ensuite des longs moments d'apaisement, où vous aurez l'illusion de retrouver une vie normale. Vous serez alors tentés d'oublier ce que vous êtes devenus. Méfiez-vous ! La voix de la meute se réveillera sans préavis, plus puissante à chaque fois. Bientôt vous ne saurez plus distinguer la frontière de la sauvagerie. Vous risquerez de perdre le contrôle de vous-mêmes et de vos actes. Il sera alors temps de confier l'âme du loup à un remplaçant, de la même manière qu'elle vous a été confiée. Et il faudra le faire avant que votre part d'humain ne disparaisse, avalée par des instincts trop violents, insurmontables.

– Mais quand ?

– Le jour où le sommeil ne vous rendra plus votre corps. Ce jour-là, vous saurez qu'avec votre dernière lueur d'intelligence humaine vous devrez trouver les remplaçants, avant que l'obscurité ne tombe sur vous, en vous plongeant à jamais dans la nuit des purs instincts.

Abel se servit un énième verre. L'alcool chassant toute solennité de sa voix, il haussa les épaules et ajouta :

– Il n'y a pas de règle, mais généralement, ça dure quelques années.

Mila observa le vieil homme, dont les yeux commençaient à briller d'ivresse.

– Comment trouve-t-on des remplaçants ?

– L'âme du loup est un fardeau qu'il vaut mieux ne pas confier au hasard. Il faut y réfléchir par avance. Repérer la personne idéale. Avoir un plan !

Abel frappa un grand coup sur la table, s'énervant soudain.

– Je les avais pourtant prévenues ! marmonna-t-il en passant de la colère à la plainte. Elles ne m'ont pas écouté... Et regarde-moi ça, maintenant..., conclut-il en jetant un regard méprisant aux deux adolescents. Des gamins...

Tristan se tourna vers Mila.

– Il faudra vraiment mordre quelqu'un ? réalisa-t-il, incrédule.

Abel lâcha un petit rire.

– Des petites natures en plus... Ben oui, mordre, bonhomme ! Mais attention, sans tuer. Vous ne pouvez pas confier l'âme du loup à un cadavre, ricana-t-il entre ses dents.

– Et si on ne le fait pas ? relança Mila en dévisageant l'ermite.

Abel la fixa d'un œil légèrement embué.

– Que se passe-t-il si on ne trouve pas de remplaçants ? insista Mila.

– Tu n'as pas encore compris ? reprit l'ermite en cherchant ses mots. Si je vous raconte tout ça, c'est parce que je pense qu'il s'est produit un événement inquiétant... Vos prédécesseurs étaient quatre...

Le hurlement déchira le silence de la montagne, se propageant dans la forêt.

Abel se figea. Tristan ressentit ses poils se hérisser sur tout son corps. Mila, elle, fut secouée par un frisson qui partit de ses jambes et lui parcourut la colonne jusqu'à exploser dans sa tête comme une sirène d'alarme.

Soudainement, comme si elle pouvait voir par-delà les épaisses parois en rondins de la cabane, une image se forma dans sa tête.

C'était une silhouette de loup hurlant dans la forêt.

Abel se tassa sur la chaise, la main lourdement appuyée à la bouteille comme à une bouée de secours.

– Je l'aimais bien, baragouina-t-il. Elle venait me voir, avec Sidonie, de temps en temps. Elle avait peur.

– Stella ? murmura Mila.

Abel baissa le regard, sans répondre.

– Qu'est-ce qui lui est arrivé ? continua la jeune fille, en essayant de ne pas se laisser gagner par la panique.

– Autrement dit, que nous arrivera-t-il si on rate le bon moment ? précisa Tristan en réalisant à son tour la menace.

– Vous resterez des bêtes. Particulièrement féroces, résistantes et en colère comme les animaux traqués peuvent l'être. Pur instinct de chasse, animé par une faim sans limites. De cette voie-là, il n'y a pas de retour possible.

Dehors, aussi déchirant que le premier, résonna un nouveau hurlement.

Mila et Tristan se regardèrent, tétanisés, partageant la même certitude.

Quelque chose se cachait dans la forêt qui entourait la cabane. Et ses intentions n'étaient visiblement pas amicales.

Pendant la pause décrétée par le Gris, les trois chasseurs s'étaient assoupis. Ludovic, lui, tentait encore de trouver le sommeil.

Au premier hurlement, le garçon ouvrit les yeux en sursaut, en comprenant immédiatement de quoi il s'agissait. Son corps se tendit comme une corde, prêt à bondir.

Le paternel se réveilla en même temps.

Attachés, les chiens se mirent à tirer sur leurs laisses, en aboyant comme des forcenés.

Entourés par la cacophonie de leurs plaintes, à la faible clarté lunaire qui perçait dans la forêt, père et fils se regardèrent sans un mot.

Au deuxième hurlement, le Gris se leva d'un bond et réveilla ses deux compagnons.

– C'est reparti, les gars. Sortez les lampes torches.

Il détacha les chiens et les lâcha avec un flot d'incitations.

Les limiers se jetèrent à la poursuite de cette voix lointaine et disparurent dans l'obscurité du bois.

Puis le paternel sortit une lampe torche et se lança derrière ses bêtes, aussi enragé qu'elles.

Dissimulée au creux d'un arbuste, la chienne rousse observait la cabane d'Abel, attentive au moindre mouvement.

Dès qu'elle avait perçu l'odeur persistante que le passage de Mila et Tristan avait laissée dans les bois, aussi nette qu'une traînée étincelante dans la nuit, elle n'avait eu aucun mal à retrouver leur trace.

C'était encore une fois l'odeur de la meute.

Elle détaillait maintenant la bicoque, d'où sortait un filet de fumée. La façade de rondins, le tas de bûches, une brouette renversée. Elle connaissait cet endroit. Le vague souvenir qui remontait à la surface de son esprit, comme un moucheron fastidieux qu'elle n'arrivait pas à chasser, excitait son agressivité.

Pour faire taire le trouble qu'elle ressentait dans ces lieux, son corps n'envisageait qu'une issue. Attaquer.

Maintenant la bouteille était vide et le feu dans le poêle presque éteint.

Lorsque Abel se leva et se dirigea en titubant vers la porte, Mila et Tristan purent constater qu'il était bien imbibé.

– Qu'est-ce que vous faites ? demanda Tristan, tendu.

– Je vais chercher une bûche, tiens.

Les deux adolescents s'élancèrent vers la porte.

– N'ouvrez pas !

– Il y a cette chose, là dehors...

– Ce n'est pas une chose, brailla Abel, soudainement en colère. Et je sais me défendre, morveux, ajouta-t-il en attrapant une hache suspendue au mur entre deux clous.

Juste avant d'ouvrir la porte, il se tourna vers eux.

– Laissez-moi vous dire ça. Lorsqu'on a été loup une fois, on le reste un peu, pour toujours. On garde un odorat puissant. L'ouïe fine. Je ne mue plus comme vous, mais je n'ai pas perdu tous mes instincts. Et je ne vais pas me geler les miches, chez moi, par peur d'aller chercher du bois dehors.

Il posa sa main sur la poignée et tira le battant vers lui.

La porte n'était ouverte qu'à moitié que de l'extérieur une masse enragée la poussa violemment.

Abel recula, blême, dessoûlant d'un coup.

Dans l'embrasure se dessina la silhouette de la chienne rousse, les poils hérissés.

Abel plongea son regard dans celui de la bête, y cherchant l'ombre de celle qu'elle avait été.

Son hésitation n'échappa pas à la chienne. La figure de l'homme barbu évoquait le même brouillard de souvenirs indistincts dans sa tête, comme un danger diffus qu'elle aurait oublié.

À cette menace indéfinissable, elle opposa sa fureur et d'un bond se jeta sur lui, crocs dehors.

Fuis !

Au même moment, la voix explose dans la tête de Mila et de Tristan.

Les deux adolescents sentent leurs corps se tordre sous ses ordres.

L'ermite et la chienne sont tombés au sol, dans une boule de poils et de sang qui commence à perler des blessures.

Mila veut aider l'ermite.

Elle s'en approche, les jambes flageolantes, le dos courbé.

Non, ordonne la voix. Tu ne peux rien.

Une main attrape son poignet. Mila remonte le long du bras qui la serre si fermement.

C'est Tristan, les yeux voilés, à la fois lui-même et déjà un autre.

Il tente de la traîner dehors. Elle résiste. Elle se tourne à nouveau vers Abel. Elle doit lui porter secours.

Fuis, martèle la voix. Le plus vieux de la meute se sacrifie pour le groupe. C'est dans l'ordre des choses.

Mila entend confusément mais n'admet pas.

Elle détaille la tête renversée du vieillard. Ses yeux déjà vitreux, un trou béant à la place du cou, d'où se déverse un flot de sang rouge vif.

Trop tard, dit la voix.

Trop tard, pleure Mila.

Tristan la tire plus fort, elle cède.

En fuyant, ils sèment des habits déchirés.

Leurs ongles durcis s'enfoncent dans le sol terreux.

Ils plongent dans la forêt en courant.

Ils longent une paroi de pierre abrupte, coupure blanche dans la forêt où se reflète la pâle clarté d'une demi-lune parfaite.

Soudain, devant eux, résonnent des aboiements.

De l'obscurité surgissent quatre limiers, gueules ouvertes, la fureur aveugle du serviteur dévoué.

Et puis les pas précipités des hommes, derrière, écrasant le lit de feuilles et de mousse.

Mila et Tristan bifurquent brusquement.

La panique les gagne.

Les braques se lancent dans la traque, exaltés par la proximité de leurs proies. Ils se séparent, prêts à l'encerclement.

Mila trébuche sur un tronc qui barre le chemin, Tristan se tourne vers elle, elle retrouve la cadence, le rattrape. Sans arrêter sa course, il la laisse passer devant.

Les cris des chasseurs qui incitent les chiens les poursuivent. Bien plus dangereux que les limiers.

Fuyez l'homme, dit la voix. Aussi loin que possible.

Et puis, la terre leur manque sous les pieds.

Tristan et Mila arrêtent leur élan au dernier instant, avant de tomber. Derrière un tas de ronces, s'ouvre un aven, effondrement du terrain qui déchire le sol et leur coupe la route.

L'abîme d'un côté, les limiers qui les encerclent de l'autre.

Les chiens de chasse se sont arrêtés. Fidèles aux ordres, ils n'attaquent pas, mais les tiennent en respect avec leurs aboiements déchaînés, hystériques. Ils les gardent ainsi pour leurs maîtres, qui se rapprochent au pas de course.

Serrés l'un contre l'autre, grognant avec rage leur impuissance, Mila et Tristan se cachent à l'intérieur de la touffe de ronces, y cherchant une protection, dérisoire.

Résistez, leur intime la voix. Jusqu'au bout.

Précédées par des faisceaux de lumière aveuglante, trois figures humaines surgissent de la végétation, essoufflées.

Une quatrième silhouette les suit, en retrait.

Éblouis par les lampes, Mila et Tristan ne voient pas leurs visages, à contre-jour. Tétanisés, ils reculent plus profondément dans l'enchevêtrement des ronces, vers l'aven, à la limite de l'abîme.

Les chasseurs parcourent les buissons avec leurs faisceaux lumineux. Aperçoivent vaguement les contours des bêtes qui se sont cachées à l'intérieur.

Suffisamment pour tirer.

Un fusil est levé, le coup chargé.

Lorsque la quatrième silhouette baisse sa lampe torche, à travers les ronces, Mila croise le regard de l'homme.

Et dans un éclair foudroyant de sa conscience humaine, elle le reconnaît.

18

Lorsque Ludovic reconnut le regard de Mila, dans les buissons au bord de l'aven, son cœur cessa de battre.

Son sang arrêta de circuler dans ses veines, ses poumons de respirer, sa peau de transpirer. Comme si le temps avait renoncé à s'écouler, le présent se dilata.

Au cours d'une seconde qui lui parut s'étirer à l'infini, il entrevit les deux chiens-loups cachés dans les ronces et acculés au précipice, les limiers aux babines retroussées, les chasseurs qui chargeaient leurs fusils, et le paternel, plus vif, plus rapide, si proche de son but, qui posait sa lampe torche au sol, levait son arme et pointait sa proie.

Cette fois, ce ne fut pas la voix qui guida Ludo.

Ce ne furent pas ses instincts qui parlèrent, mais ses sentiments.

Ce fut donc sur ses deux jambes qu'il avança, ses mains d'homme qui agirent.

Profitant de sa perception dilatée des événements qui lui donnait un temps d'avance, le garçon s'élança et d'une poussée envoya valdinguer le Gris avant qu'il ne tire.

Il aperçut l'expression de son père, abasourdie de surprise et de colère.

Puis, dans un bruit assourdissant, le coup partit.

Aveuglés de terreur, l'odeur de poudre dans les narines, les deux chiens sauvages perdirent pied, déséquilibrés, et dégringolèrent dans l'aven.

Transporté par l'élan irréfléchi qu'il n'avait pas mesuré, Ludovic ne sut s'arrêter. À son tour, tomba dans le gouffre.

Pendant qu'il dévalait la pente, tentant inutilement de se retenir aux parois abruptes, un cri résonna.

Un cri de douleur et d'incrédulité.

Un cri d'homme.

Dans la cabane d'Abel, la chienne rousse releva la tête, soudainement alertée par ce cri lointain, incongru dans les profondeurs nocturnes de la montagne.

Au-dessous d'elle gisait ce qui restait de l'ermite.

Elle s'était acharnée sur le vieillard, de plus en plus perturbée par ses souvenirs indéfinissables, qu'elle tentait de repousser avec davantage de férocité.

Maintenant le travail était fini.

De l'homme barbu ne restait plus rien qui puisse la troubler, aucune expression, aucun trait du visage. Rien d'autre qu'un cadavre méconnaissable dans une flaque de sang.

Neutre, anonyme.

Ses souvenirs s'estompaient enfin.

Et voilà qu'on l'appelait ailleurs, pour poursuivre sa tâche, celle d'effacer tout ce qui aurait pu la ramener en arrière, vers cette mémoire douloureuse que la bête, confusément, ressentait comme une menace.

La chienne rousse tourna sur elle-même, puis d'un bond traversa la porte ouverte et disparut dans la forêt, prête à reprendre sa chasse.

– Foutaises ! C'est que dalle !

La rage déformait les traits du paternel.

Devant lui, un des chasseurs était à terre. Le coup parti du fusil du Gris l'avait blessé superficiellement à la jambe.

– Faut le ramener, opina le troisième chasseur, qui s'était occupé de lui faire un pansement de fortune.

– Que dalle, je te dis, répéta le père de Ludo.

– Grave ou pas, faut le ramener, insista l'autre.

En guise de réponse, le paternel lâcha un flot de jurons.

Si près du but.

Ces bestioles étaient là, sans doute agonisantes au fond de cet aven qui sortait de nulle part. Il aurait suffi d'attendre l'aube pour leur tirer une balle dans la tête et en finir avec leurs maudites tronches de clébards errants. Deux de moins. Paix à Baco dans le paradis des braques.

À vrai dire, le paternel n'était pas bien sûr d'avoir reconnu dans la nuit le meurtrier de son chien préféré. Mais l'excitation de la chasse aveuglait son jugement. Il lui fallait ces proies, à tout prix.

– Ludo ! appela le chasseur encore valide en se penchant au-dessus du gouffre.

Des arbustes arrachés et quelques branches de travers le bouchaient en partie. Dans la nuit, il était difficile d'en estimer la profondeur.

En se tournant vers le paternel, le chasseur tenta de le rassurer, en interprétant la colère du Gris comme l'expression de ses craintes.

– Ça va aller, c'est un solide, ton fiston, dit-il. Je suis sûr qu'il n'a rien.

Le paternel haussa les épaules.

En réalité, de son fils, il ne s'inquiétait pas. Une veine s'était bouchée dans son cerveau et pour lui, il était impossible que Ludovic fût blessé. Il se terrait dans l'aven, ça oui, imaginait le paternel. Et il avait raison de se cacher, pensait-il, car lorsqu'il le retrouverait, il prendrait la rouste de sa vie. Ce petit con, bon à rien. Le bousculer pendant qu'il tirait. Quel imbécile.

– Te bile pas pour lui, répondit donc le Gris. Il a juste peur de remonter, ce crétin. Il sait qu'il a déconné.

En pestant contre ce rejeton sans cervelle qui l'obligeait à interrompre sa battue, le paternel se décida à aider son collègue pour sortir le blessé du bois.

Ils se mirent en route.

Ils transpirèrent comme des bœufs attachés à la charrue, mais au bout d'une longue marche finirent par atteindre une route goudronnée. De là, ils purent rejoindre facilement les voitures.

Lorsque le blessé fut installé sur la banquette du 4 × 4, le Gris alla chercher des cordes dans le coffre et ramassa son fusil.

– J'y retourne, annonça-t-il. Toi, ramène les chiens, ils sont fatigués. Et de toute façon, ils peuvent pas descendre dans ce trou.

Son copain trouva naturel qu'il reparte au ravin pour en sortir son fils. Il ne se douta pas que le paternel était davantage obsédé par sa traque que par l'idée de prêter secours à Ludo. Mais c'était le Gris. Il savait toujours quoi faire. S'il avait eu besoin d'aide, il l'aurait demandée.

– Dis, l'interpella le paternel, tu l'avais déjà vu ce gouffre, avant ?

– Ben non. Et je le connais bien, le coin. Je suis sûr qu'à cet endroit il n'y avait rien. Ça a dû s'effondrer récemment, conclut le chasseur.

– Ben, ça doit pas être bien profond, alors.

Et avec un geste de salutation, il s'enfonça à nouveau dans la forêt.

Le cône de lumière de sa lampe torche s'éloigna en dansant parmi les arbres, puis disparut, tandis que la première clarté de l'aube pointait derrière le profil noir des montagnes.

À quoi rêvent les jeunes loups ?

Rêvent-ils d'être des agneaux, ou bien de redevenir louveteaux, tassés contre le ventre maternel, tétant goulûment le lait sucré qu'ils devront bientôt abandonner, pour apprendre à chasser, encercler la proie, lui arracher des lambeaux de viande encore vivante, se repaître de sa chair, toujours trop dure ?

Et à quoi rêvent les jeunes hommes, engoncés dans un corps qu'ils ne reconnaissent plus, qui les devance, les trahit, leur impose des postures qu'ils haïssent ?

Rêvent-ils d'une métamorphose qui les rendrait plus forts, solides, assurés, rêvent-ils d'une fille, de son regard qui les transformerait en adultes, libres, enfin affranchis de désirs impossibles ?

La chute de Ludovic dans l'aven se déroula comme un de ces rêves, sans qu'il sache exactement s'il était endormi ou réveillé, homme ou loup, vivant ou mort.

Ce fut un instant suspendu, pendant lequel le temps refusa de s'écouler, grain de sable coincé dans le sablier.

Il glissa lentement dans le gouffre, freiné par les branchages coincés en travers de l'ouverture, encore verts, déracinés par le récent éboulement du terrain.

Après un moment qui lui parut infini, il atterrit ainsi, au ralenti, sur un tas de feuilles et de terre fraîche, pas encore tassée, moins dure qu'à l'accoutumée.

Une obscurité totale régnait au fond de l'affaissement.

– Ludo ! cria la voix déformée du chasseur tout en haut de l'aven, à une distance qui lui parut abyssale.

L'idée de répondre ne l'effleura pas.

Le garçon écouta les voix des hommes s'éloigner, puis se fondre dans le bruissement des arbres de la forêt.

Dans le noir, il ne bougea pas, guettant le moindre son.

Il entendit alors une respiration, étouffée mais régulière. Puis une deuxième.

Ses amis étaient là. Vivants. Cachés dans l'ombre.

Mila était là, près de lui.

Elle n'était pas blessée, il pouvait le percevoir dans son souffle calme, apaisé.

Son cœur pouvait recommencer de battre.

19

L'aurore qui peu à peu rendait ses couleurs à la forêt ne filtrait pas encore au fond de l'aven.

Si bien qu'en ouvrant les yeux, Mila eut l'impression de se réveiller au cœur de la nuit.

Les membres endoloris par la chute, elle ne bougea pas tout de suite. Les images de la veille traversèrent son esprit, lui nouant le ventre.

Pendant que ses yeux s'habituaient à la pénombre, elle se rendit compte que son corps nu, ce corps de jeune fille qu'elle retrouvait à nouveau avec étonnement, avait été recouvert par un tissu lourd et râpeux. Un blouson.

À quelques mètres d'elle, elle aperçut Tristan, encore endormi, recroquevillé au sol, à son tour plus ou moins revêtu d'un chiffon indéfinissable, peut-être une polaire.

Puis, au centre de l'aven, dans le seul espace où la lumière de l'aube arrivait à se frayer un étroit chemin pour toucher le sol, elle découvrit Ludovic.

Debout, il avait le visage levé vers le ciel, qu'on apercevait tout en haut, entre les branches, petit lac bleu clair strié de rose au-dessus de leurs têtes.

Mila le rejoignit en silence d'une démarche que la douleur diffuse dans son corps rendait hésitante.

– Bonjour Mimile, murmura-t-il avec douceur.

À son tour elle regarda en haut. Le gouffre était profond. Escalader les parois raides de l'aven pour remonter paraissait difficile.

– On a eu de la chance de ne pas se casser le cou, poursuivit Ludo d'un ton étrangement calme, presque enjoué. Mais je ne sais pas comment on va faire pour sortir d'ici.

Il fait exprès, comprit Mila. Il fait comme si de rien n'était.

Et elle éprouva un profond élan de gratitude envers ce garçon aux cheveux si courts et aux mains si grandes, qui l'avait protégée, sauvée, veillée pendant la nuit, et qui maintenant faisait de son mieux pour qu'elle ne soit pas mal à l'aise.

Elle sentit le nœud d'angoisse qui lui serrait le ventre se relâcher.

– Ludo, dit-elle simplement, et sa voix fut une caresse.

Le jeune homme se tourna vers elle et ils échangèrent un sourire timide.

– Ça alors... Qu'est-ce qu'on fait tous là ? baragouina une voix pâteuse derrière eux.

Les deux adolescents se tournèrent vers Tristan. L'expression sonnée, les cheveux en bataille remplis de brindilles, le garçon tentait de se couvrir maladroitement avec la polaire.

Et malgré les événements de la veille, malgré les difficultés à venir, devant sa tête complètement groggy, Mila et Ludovic éclatèrent de rire. Car ils étaient jeunes, en vie, et ensemble, à nouveau.

La distribution équitable des habits disponibles prit un certain temps.

Mila eut droit à la seule paire de chaussures, taille 45. Ludo avait aussi de grands pieds.

– J'ai l'impression d'avoir des palmes, s'amusa-t-elle en faisant quelques pas.

– Heureusement que tu avais mis plusieurs couches, soupira Tristan en se retrouvant vêtu d'un collant et d'un maillot de corps. J'ai l'air de quoi ?

– D'une danseuse, plaisanta Ludo. Ça te va très bien.

– T'es con, répondit Tristan en pouffant de rire.

Ludo riposta d'une bourrade amusée, soulagé de ressentir à nouveau leur complicité, intacte.

– Heureusement, surtout, que personne ne s'est rien cassé, ajouta Mila.

Les trois adolescents étaient couverts de bleus et d'égratignures mais pas sérieusement blessés.

– On dirait qu'on est tombés dans un piège à mammouth, grimaça Tristan en regardant encore une fois le petit coin de ciel qui se dessinait au-dessus d'eux et que les branches entraînées dans l'éboulis cachaient par endroits, comme une grille.

– Maintenant, il faut qu'on arrive à en sortir.

Attentifs au moindre détail, ils firent le tour de l'aven, de plus en plus éclairé par la lumière d'un matin sans nuages. Ludo retrouva ainsi le sac qu'il avait perdu dans la chute et sa lampe torche.

Mais aucune paroi n'offrait des prises suffisamment solides pour s'aventurer dans l'escalade.

– Ça craint, résuma Tristan.

– Chut, répondit Mila, soudain concentrée.

Elle venait d'entendre un bruit inhabituel.

Un sifflement subtil qui avait mis ses sens en alerte.

Sous l'œil perplexe de ses amis, elle revint sur ses pas.

Près d'une touffe broussailleuse, elle ressentit un souffle sur sa joue.

– Venez voir.

Tristan et Ludo approchèrent, percevant à leur tour l'étrange sifflement.

Un courant d'air ténu sortait de la paroi rocheuse, faisant chanter les feuilles qu'il trouvait sur son passage.

Mila écarta les broussailles, découvrant au ras du sol une cavité dans la roche.

– Il y a un passage, ici, affirma-t-elle. S'il y a de l'air qui sort, il doit forcément aboutir quelque part.

Tandis que Tristan aidait son amie à arracher la végétation pour élargir l'ouverture, Ludovic alluma sa lampe et s'allongea dans le boyau.

– Ça a l'air de continuer, annonça la voix de Ludo, dont l'écho résonna à l'intérieur de la montagne.

– Ce n'est pas trop risqué de rentrer là-dedans sans savoir où ça mène ? douta Tristan avec son bon sens habituel.

Ventre à terre, Ludo se glissa plus profondément dans le trou. Seuls ses pieds dépassaient encore de la fissure.

– Je vais voir et je reviens, retentit sa voix, étouffée, déjà lointaine.

Et ses pieds disparurent, avalés par la paroi.

Pendant cinq longues minutes, Mila et Tristan restèrent immobiles, le regard fixe sur l'entrée de la grotte, d'où ne provenait plus le moindre son.

– Tu crois que ça va ? Il ne lui est pas arrivé quelque chose ? chuchota Mila, le ventre noué.

– Mais non, tenta de la rassurer Tristan, en trahissant malgré tout son inquiétude.

Mila s'allongea au ras du sol pour explorer la cavité du regard.

L'obscurité y était absolue.

– Ludo ? appela-t-elle d'une voix incertaine, en introduisant la tête et les épaules dans le boyau.

Brusquement, apparaissant comme par magie du noir total qui avalait le passage, le visage de Ludo surgit tout près devant elle, maculé de boue.

– Oui Mimile, susurra-t-il avec un sourire.

Troublée par cette proximité soudaine, Mila se releva d'un bond, se cognant contre la roche.

– T'adores vraiment ça, me faire peur ! râla-t-elle en se massant le crâne.

Amusé, Ludovic ressortit de la fissure, la tête la première.

– Comment t'as fait pour te retourner ? demanda Tristan, intrigué.

– Je ne peux pas vous expliquer, répondit Ludo d'un ton mystérieux. Il faut que vous veniez voir. Suivez-moi.

L'odeur de poudre était encore forte à l'orée de l'aven.

La chienne rousse fit le tour du précipice, en reniflant les relents de peur et de violence que les chasseurs avaient semés sur leur passage.

Le lieu regorgeait d'indices. L'urine des limiers, la cartouche vide abandonnée au sol, les plombs tirés par le coup de fusil raté, qui trouaient maintenant la terre couverte de mousse. Et puis la trace olfactive de ses congénères, qui eut le pouvoir de relancer encore une fois, puissamment, son instinct de prédateur.

Des voix résonnèrent en bas, dans le gouffre.

La chienne rousse s'approcha du bord, silencieuse. Tout en surveillant les silhouettes qui apparaissaient par moments au fond de l'aven, elle en détailla les flancs abrupts, verticaux, n'y décelant aucun moyen de descendre.

Trépignant d'impatience, sentant sa colère monter, elle ne put que regarder les trois jeunes humains disparaître dans le ventre de la montagne.

Leurs voix venaient de s'éteindre, avalées par la paroi rocheuse, lorsqu'un autre bruit provenant de la forêt derrière elle lui fit dresser les oreilles.

Des pas foulaient le lit de feuilles mortes du sous-bois.

L'odeur de poudre se rapprochait.

La chienne rousse détala prudemment le long de la faille qui coupait la montagne.

Elle trouverait bien, quelque part, la façon de descendre.

Un instant plus tard, le Gris émergea d'un enchevêtrement d'arbustes.

Ses traits étaient fatigués, mais son regard ne trahissait aucune hésitation.

La longue marche dans les bois, l'absence de sommeil, le froid, ce n'était rien. Depuis toujours, le père de Ludovic donnait peu d'importance aux conditions matérielles de sa survie, se nourrissant essentiellement de son obstination, comme une bête de somme habituée à avancer dans la direction indiquée sans se poser de questions.

Cette fois, la direction à suivre menait au fond de l'aven. Baco devait être vengé, Ludovic puni pour sa connerie. C'était ainsi et pas autrement.

Le Gris regarda en contrebas. Il ne décela aucun mouvement, aucun bruit.

Alors il sortit la corde, choisit un arbre solide pour y attacher une des extrémités et balança l'autre dans le gouffre.

Puis, son fusil en bandoulière, il commença à descendre, en évitant les troncs couchés en travers du ravin et en enfonçant ses bottes dans la terre friable de la paroi abrupte.

Dès qu'il eut dépassé la végétation qui bouchait l'aven en partie, il fit une pause en s'appuyant dans un renfoncement, surpris par la profondeur de l'affaissement.

Il s'attendait à découvrir son fils, recroquevillé dans un coin, sans doute contrit. Il lui aurait passé un sacré savon, puis l'aurait embarqué à nouveau dans sa chasse à ces maudites bêtes errantes.

Mais Ludovic n'était pas là.

Lorsqu'il toucha terre, le paternel tourna plusieurs fois sur lui-même, détaillant le fond du ravin, incrédule.

Personne.

Ni chien ni fiston.

Et aucun chemin pour sortir de là.

C'est quoi ce bordel, pensa le Gris, en commençant à chercher une explication.

Il y eut bien un moment où Mila crut qu'elle allait se transformer à nouveau.

La roche l'oppressait de toute part, lui donnant le sentiment d'être enfermée dans un cercueil, coincée, prisonnière. Elle inspira profondément pour calmer la panique qui la gagnait, se concentrant sur le vague halo de lumière qu'elle apercevait au fond du boyau, là où elle avait vu disparaître Ludovic.

– Ça va, Milou ? lui demanda Tristan, qui la suivait en rampant.

– On fait aller, répondit la jeune fille en expirant bruyamment l'air de ses poumons.

– Courage, Mimile, tu y es presque, l'encouragea de loin la voix de Ludo.

À quatre pattes, elle avança encore sur quelques mètres.

Imperceptiblement, elle sentit que le passage s'élargissait autour de son corps. Ses épaules ne frottaient plus la paroi, elle pouvait maintenant redresser la tête.

Bientôt, elle put se relever et marcher, pliée en deux.

Suivie par Tristan, elle rejoignit Ludovic qui les attendait dans un espace plus grand. Dès qu'ils furent réunis, Ludo leva la lampe torche au plafond et leur montra l'espace dans lequel ils se trouvaient maintenant.

C'était immense.

Une grande salle souterraine s'ouvrait dans le ventre de la terre et s'élevait, spectaculaire, parmi les colonnes étincelantes et les concrétions que des millions d'années d'érosion avaient sculptées dans la roche.

Le nez en l'air, les trois adolescents avancèrent dans la grotte, qui continuait de s'enfoncer sous la montagne.

– Vous vous souvenez de monsieur Bertin ? lança Tristan, un sourire en coin.

Ludo et Mila gloussèrent, gagnés par une hilarité incongrue.

M. Bertin avait été leur professeur de sciences au collège. C'était un passionné de spéléologie qui s'était donné comme but dans la vie d'initier des générations d'élèves à la richesse du monde souterrain. Il se battait donc pour organiser des sorties spéléo envers et contre tout, pris en étau entre la frilosité de l'académie et l'opposition franche d'une bonne partie des parents, qui n'admettaient pas que leurs rejetons passent des journées dans une caverne plutôt que dans une classe que leurs impôts avaient contribué à payer.

– Les seuls cours que j'ai jamais aimés, rigola Ludo, en se souvenant avec plaisir de la différence entre stalactites et stalagmites.

– Chers enfants, les grottes nous révèlent les mystères de la naissance de l'humanité, proclama Tristan avec sérieux, imitant leur ancien professeur.

– Vous croyez que celle-là est profonde, monsieur ? ironisa Mila.

– Les grottes sont imprévisibles, mademoiselle Koré. Nous le saurons donc au bout de notre périple.

Ils marchaient ainsi, étrangement insouciants, partageant les souvenirs du passé et l'émerveillement présent. Ludovic faisait danser la lumière de la lampe sur les concrétions calcaires les plus étonnantes. Des ombres se dessinaient alors sur la roche, créant des trompe-l'œil changeants et mystérieux.

Soudain, un bruit résonna aux oreilles de Mila.

– Vous avez entendu ?

Ses amis se figèrent, à l'écoute.

De petits coups réguliers résonnaient en effet tout proches, sans que l'on puisse en identifier l'origine.

Leurs sens en éveil, les trois jeunes tournèrent sur eux-mêmes.

Suivant son intuition, Ludo effleura de la main une paroi lisse et colla son oreille sur la pierre.

Le son devint plus fort.

– C'est là derrière. Il y a quelque chose.

Mila et Tristan le rejoignirent.

À cet endroit, une série de colonnes stalagmitiques serrées les unes contre les autres donnaient l'impression de former un mur de roche en bas-relief. Pourtant, dès que les adolescents s'en approchèrent, l'illusion d'optique leur sauta aux yeux. Entre deux colonnes, cachée dans l'ombre d'un clair-obscur, s'ouvrait une fente qui laissait deviner l'accès à un autre espace.

Ludovic avança le premier, en tenant la lampe torche solidement braquée devant lui.

Mila le suivit, puis Tristan.

Ils se glissèrent dans la faille en gardant le silence.

À leurs oreilles, le bruit régulier et intermittent résonnait maintenant plus distinctement.

La forêt de colonnes, ce passage occulte, les sédiments qui s'éclairaient soudainement de reflets lorsque la lumière les effleurait, leur donnaient la sensation très nette qu'ils approchaient d'un mystère. Une énigme que leur instinct leur conseillait d'aborder avec prudence et respect.

Ils sentirent l'air changer, devenir plus lourd, immobile.

Leurs mouvements se firent plus élastiques, comme si leurs corps prenaient de l'avance et se préparaient à une nouvelle, inévitable métamorphose.

En sortant du boyau, les trois amis se figèrent, stupéfaits.

Ce qui se dressait devant eux dépassait leur imagination.

En surface, la chienne rousse se figea à son tour.

Elle avait longé une modeste falaise calcaire, en suivant les échos étouffés des voix qui remontaient du cœur de la montagne au gré des chemins aléatoires des fissures dans la roche.

Son ouïe très fine décelait la présence des trois jeunes, quelque part, proches.

Une anfractuosité très basse, au ras du sol, s'ouvrait à cet endroit dans la paroi de pierre, similaire à l'entrée d'une tanière.

La chienne commença à gratter des ongles pour élargir l'ouverture.

Dès qu'elle put, elle se glissa à plat ventre dans le terrier, découvrant ce que son instinct lui avait fait deviner : un passage.

Elle s'y enfonça sans hésitation, comme une taupe dans une galerie.

Mila, Ludo et Tristan n'osaient plus bouger, de peur de rompre l'enchantement.

Devant leurs yeux s'ouvrait une vaste salle souterraine, où le faisceau de la lampe se reflétait partout en même temps, comme si des pierres translucides avaient été savamment positionnées dans l'espace pour multiplier sa puissance et illuminer chaque recoin de la cavité.

Et il ne fallait pas être experts pour savoir qu'ils avaient devant les yeux une scène qui attendait dans l'ombre depuis des millénaires.

Des centaines de silhouettes animales semblaient étudier les nouveaux arrivants avec distance, chargés d'une sagesse ancestrale.

Dents pointues, œil oblique, épaisse fourrure.

C'était des loups.

Tracés par des lignes noires, épurées, d'une incroyable beauté, ils recouvraient les parois de la grotte, peints les uns sur les autres, comme si on avait voulu évoquer la présence d'une immense meute. La fresque rupestre épousait les creux et les pleins avec habileté, jouant avec les failles ouvertes dans la roche pour suggérer la sensation de mouvement.

– Qu'est-ce que c'est... ? bafouilla Ludo, hypnotisé.

– C'est nous, répondit Mila d'une voix claire.

Les regards des loups étaient tournés vers une image centrale dominant la composition.

Plusieurs figures debout avaient été représentées au milieu de la voûte qui soutenait la grotte.

Mais si les membres inférieurs étaient humains, à partir des épaules une torsion s'emparait du corps, suggérant une métamorphose en cours. La tête qui reposait sur les épaules était celle d'un canidé, oreilles dressées et museau proéminent.

Tristan attira l'attention de ses amis sur une large pierre plate posée à même le sol, entourée des restes d'objets rituels.

– On dirait un autel.

À côté, une goutte tombait régulièrement du plafond dans un trou, qui formait une réserve d'eau naturelle. C'était là l'origine du bruit qu'ils avaient entendu, amplifié par l'écho dans le silence de la caverne. En l'éclairant, Ludo s'accroupit pour toucher la surface de l'eau. Dès qu'il l'eut effleurée, un frisson remonta le long de ses doigts.

– Elle est glacée.

Tristan ramassa un caillou et le fit tomber dans le puits.

Ils attendirent en silence, sans entendre la pierre qui touchait le fond.

– C'est profond, aussi.

Mila tendit la main pour sentir l'eau à son tour lorsque soudain, la lampe s'éteignit, plongeant la grotte dans l'obscurité complète.

– Ne bougez pas, fusa Ludo. Vous êtes à côté de la fosse, vous risquez de tomber dedans.

Dans le silence qui suivit, Mila et Tristan entendirent Ludovic qui bricolait quelque chose en pestant.

– Qu'est-ce qui se passe ? demanda enfin Mila, se doutant de la réponse.

– Les piles, répondit Ludo, soucieux. Elles sont presque mortes.

– Tu déconnes ? s'alarma Tristan.

– J'ai l'air de rigoler ?

Personne n'osait bouger.

– On est mal barrés, c'est ça ? résuma Mila.

– On dirait.

M. Bertin le leur avait répété sans relâche : Contrôlez vos lampes, les enfants, ayez des piles de rechange. Se retrouver au cœur de la montagne sans lumière est une erreur fatale. Dans le noir, vous ne pourrez pas retrouver la sortie.

Ludo ne tarda pas à reprendre le rôle qui était le sien. Il était le plus âgé, le grand frère, le protecteur.

– Écoutez-moi, dit-il d'une voix qui se voulait calme. Pas de panique. Déjà, on va s'éloigner de cette foutue fosse, histoire de ne pas se noyer. Puis on va attendre une minute. Ensuite, je vais enlever les piles et les remettre. Souvent elles remarchent un tout petit peu. On aura quelques instants de lumière. Il va falloir faire vite, pour retrouver la sortie et se tirer d'ici.

Se guidant au toucher et au son de la voix, contrôlant au ras du sol chacun de leurs pas, les trois amis se rapprochèrent et s'assirent sur le sol de la grotte, se préparant à attendre, comme Ludo l'avait suggéré.

Être assis là, côte à côte, dans le noir, entourés par une meute de loups peinte par les habitants des cavernes, les remplissait d'une sensation indéfinissable. C'était comme s'ils retrouvaient leur place dans l'histoire des hommes, dans ce flux ininterrompu de naissances, de morts, de découvertes, dans la spirale de questions sans réponses qui taraudait l'humanité depuis l'aube de sa civilisation.

Sans besoin de partager des mots, ils comprirent qu'ils portaient maintenant dans leurs fibres une partie de cette histoire, l'héritage de cette existence sauvage brimée, effacée et pourtant bien réelle. Ils surent dès lors que leur double nature s'accompagnait d'une responsabilité, qui les liait plus profondément encore que leur amitié n'avait pu le faire par le passé, et qu'un jour, ensemble, ils ne pourraient pas se soustraire à la tâche de transmettre à d'autres ce qu'ils avaient reçu.

Le regard de Sidonie, se souvint Mila. Elle connaissait le poids du fardeau qu'elle déposait sur les épaules de sa remplaçante. Et pourtant, elle avait accompli son rôle. Car c'était ainsi, depuis la nuit des temps.

Et dans l'obscurité des entrailles de la montagne, Mila saisit enfin l'origine du chagrin de celle qui l'avait précédée, ses doutes, l'ambivalence de ses sentiments, le désir de retrouver son humanité, entière, mais déjà le regret de ses instincts, sur le point de s'évanouir.

– Ludo, appela-t-elle de but en blanc.

– Oui ?

– Pourquoi tu ne nous as pas dit tout de suite que tu t'étais transformé ?

Ludo tarda à répondre.

Puis sa voix résonna très bas, très fragile.

– Je ne sais pas.

Le silence les engloutit à nouveau.

La goutte d'eau tombait avec constance dans le puits, scandant les secondes comme une pendule.

Mila sentit alors des lèvres se rapprocher des siennes et l'embrasser délicatement, sans bruit.

Un baiser doux, tiède, timide.

Elle ne bougea pas, trop perdue dans ses sentiments pour savoir comment réagir.

Puis un corps se leva.

– On va y aller, lança Ludo.

Tristan se redressa à son tour, déterminé.

– Dès que j'allume, nous allons filer vers le passage qui mène à la grande salle. Là-bas, il nous suffira de remonter la galerie en courant et de repérer l'endroit où s'ouvre le boyau pour retourner sur nos pas. Vous êtes prêts ?

– Oui, répondirent les deux autres à l'unisson.

Ludovic ralluma la lampe torche, qui projeta une faible lumière dans la salle, éclairant à nouveau la scène de métamorphose dessinée sur la paroi.

Mais à partir de cet instant, rien ne se déroula comme il l'avait prévu.

20

Un des loups dessinés sur la pierre a bougé.

À la lumière de la lampe, Mila, Ludovic et Tristan voient distinctement une forme se détacher de la paroi et glisser au sol d'un bond silencieux.

En même temps, ils perçoivent l'odeur. Une puanteur infecte de colère, de mort, de violence qui se propage soudainement dans la grotte, déferlant sur leurs sens en alerte.

Les habits se déchirent.

Leur métamorphose est rapide, presque instantanée.

Ils savent qu'ils n'ont pas le temps de s'y opposer.

Le faisceau de la lampe qui faiblit rapidement éclaire un pelage recouvert de boue, des yeux jaunes, des crocs luisants.

Sortant d'un des trous qui fissurent la paroi, comme si elle donnait vie à un des animaux peints sur la roche, la chienne rousse bondit dans leur direction.

Ensemble, annonce clairement la voix, envahissant leur esprit.

Mila, Ludo et Tristan font corps. Cette fois, ils entendent la même voix. Ils ne sont plus trois individus, mais une seule meute, un groupe, qui agit dans l'intérêt commun.

Lorsque la chienne rousse choisit sa proie et se jette sur Mila, ses deux compagnons fondent sur elle pour la repousser.

Mais la bête n'a pas peur, poursuit sa lancée et plante ses crocs dans l'épaule de l'animal sombre qui abrite l'esprit de Mila.

Un gémissement de douleur se propage dans la grotte.

Les fauves dessinés ondulent à la lumière mourante de la lampe, qui transforme leurs expressions en rictus effrayants.

Les deux chiens-loups gris n'hésitent pas, mordant à leur tour dans la chair maculée de boue de la bête rousse.

Les quatre animaux roulent au sol dans une mêlée confuse et sanglante. Les morsures se succèdent, frénétiques, impuissantes. Mais la rousse ne lâche pas prise. Malgré la férocité de ceux qui tentent de l'arracher à sa proie, ses dents pénètrent de plus en plus profondément dans l'épaule de sa victime.

La conscience de Mila oscille comme la dernière lueur de la lampe. La douleur est insoutenable. Elle ne comprend pas immédiatement d'où provient ce nouveau halo qui éclaire progressivement la cavité, telle une aurore qui se lèverait au cœur même de la montagne.

Même Ludovic, fou de rage, ne ressent pas la nouvelle présence. Il s'éloigne et prend son élan, dans le but de bousculer son ennemie avec toute la force de son poids.

Le flanc de la chienne rousse est ainsi à découvert lorsque, accompagnée par le faisceau soudain d'une lumière aveuglante, résonne la détonation.

Assourdissante dans l'espace confiné de la caverne, elle emporte la mêlée des animaux, les écrasant contre la paroi rocheuse.

Tombant de la voûte, une pluie de poussière recouvre les bêtes.

Debout, commande la voix. Maintenant !

Mila, Ludo et Tristan savent qu'ils n'ont pas le temps de vérifier leurs blessures. Leur voix commune est encore présente. D'instinct, chacun d'entre eux sait que les autres sont toujours vivants.

La bête rousse, elle, ne bouge plus.

Dans la lumière violente qui les a accompagnés dans leur roulade comme une poursuite, les trois chiens-loups se relèvent.

Devant eux, un homme.

Mon père, réalise Ludo dans un éclair de conscience humaine.

Le Gris recharge le coup.

Mais la poussière qui continue de tomber réduit la visibilité, remplissant la grotte d'un nuage irrespirable.

Au-dessus de l'homme, là où l'explosion du coup de fusil a été la plus forte, quelques stalactites se détachent du plafond et s'écroulent avec fracas.

Dehors, indique la voix. En vitesse.

En obéissant à une chorégraphie jamais répétée, les trois animaux séparent leur trajectoire et s'élancent en suivant des chemins différents vers le passage qui s'ouvre derrière l'homme.

Déstabilisé, le Gris hésite à tirer entre les silhouettes qui bougent dans la pénombre.

Il n'a pas le temps de choisir.

Se détachant de la voûte, une pierre tombe sur son fusil, puis une autre, sur son bras.

L'homme crie de douleur, accélérant l'éboulement d'une partie de la caverne. Tout un pan de la cavité se disloque, saturant l'air de poussières minérales.

En évitant les roches qui dégringolent, deux des chiens-loups quittent les lieux, parcourant le passage qui mène à la première salle souterraine.

Le troisième hésite.

Il se retourne.

Il détaille le Gris, qui gémit, désormais immobilisé, à moitié enseveli par l'éboulis.

Les grognements de ses amis l'appellent, de l'autre côté de la galerie.

Mais Ludo ne répond pas.

Précautionneusement, il revient en arrière.

Il s'approche du chasseur.

Sa lampe torche a roulé plus loin et repose maintenant à terre, son faisceau coupant comme un phare un air dense de particules.

Dans une semi-conscience embrumée, dominée par les élancements de douleur qui parcourent son corps, le Gris voit une silhouette s'approcher de lui. Mais il souffre trop pour comprendre. C'est à peine s'il arrive à donner un sens aux images qui dansent devant ses yeux.

Le regard vert de la bête, si familier, plonge dans le sien, et son nez humide se pose un instant sur sa joue, comme une caresse fugace.

Un aboiement résonne, plus loin.

Alors, dans un sursaut, l'animal s'éloigne de l'homme et rejoint le reste de la meute.

Dans un renfoncement de la grotte, au-dessous de la paroi décorée de fresques que l'éboulement n'a pas endommagée, un tremblement parcourt la fourrure de la chienne rousse.

Le corps broyé par le coup de fusil, déchiré par les morsures, elle voit danser au-dessus d'elle les dessins millénaires de ses ancêtres les loups.

Son regard vitreux se pose au centre de la meute, sur la métamorphose.

Dans son souvenir, une lumière se rallume, ramenant un flot d'images et de détails, une jeune femme, une maison, une cheminée, du papier brûlant dans les flammes, un miroir, une cascade de cheveux roux, autant de pièces d'un puzzle qui se recompose dans ses derniers instants de conscience.

Obstinément accrochée à la vie, c'est avec une étincelle d'intelligence humaine qu'elle se dit qu'elle ne mourra pas là, qu'elle trouvera le moyen de sortir de cette grotte, de ce corps, de ce cauchemar.

Stella se dit tout cela et sourit, bercée par l'illusion d'un avenir retrouvé, avant de fermer les yeux.

21

Le Gris ne sut jamais s'il avait rêvé.

Le lendemain, lorsqu'il se réveilla dans un lit d'hôpital, il fut accueilli par le même regard vert, identique à celui qu'il avait aperçu dans la grotte avant de perdre connaissance.

Celui de son fils.

– Ce n'est pas possible, marmonna le paternel, la bouche pâteuse. Ce n'est pas toi... si ?

Le visage éraflé, un bandage autour du poignet, Ludovic ne répondit pas.

Il se contenta de fixer son père de ses yeux clairs, qui n'exprimaient aucune émotion. Depuis le temps qu'il s'entraînait à raser les murs en sa présence, à ne fournir aucun prétexte à sa colère, il ne savait plus faire autrement. Être là, dénué de sentiments, en silence.

– Je débloque..., bredouilla le Gris.

Et pour la première fois, ce fut lui qui détourna le regard.

Dans un éclair de conscience, Ludovic comprit alors que bientôt les rôles s'inverseraient. C'était ainsi depuis toujours, la meute allait changer de mâle dominant et ce moment n'allait pas tarder.

Comme s'il n'attendait que ça, la preuve que le règne de ce père affaibli, survivant par miracle, touchait à sa fin, le garçon se leva et se dirigea vers la porte.

En sortant, il croisa une infirmière qui, en découvrant le paternel conscient, s'exclama avec entrain :

– C'est bien, on se réveille enfin !

La voix de la jeune femme lui parvint encore dans le couloir, enjouée, un peu ridicule.

– Laissez-moi regarder ça… Tiens, on va faire un brin de toilette. Ah si si, on ne discute pas…

Tandis qu'il s'éloignait de la chambre, Ludovic repensa aux sentiments contradictoires qui l'avaient tenaillé alors qu'il croyait laisser son père derrière lui, promis à une mort certaine. Libération, culpabilité, et puis, en dépit de tout, ce chagrin imbécile, lancinant, qu'il avait éprouvé en imaginant la disparition du paternel.

Dans l'obscurité totale de la grotte, les trois bêtes avaient réussi à retrouver la sortie grâce à leur puissant odorat, en suivant la trace que leurs corps et celui du Gris avaient marquée au sol. Boitant, l'épaule en sang, Mila geignait de douleur dans le boyau qui menait dehors, à l'air libre.

En ressortant au fond de l'aven, ils s'étaient brièvement écroulés, de fatigue et de soulagement.

Dès qu'ils avaient pu se relever, mal en point mais en ayant retrouvé leurs corps de jeunes hommes, Tristan et Ludovic avaient remonté le ravin à l'aide de la corde installée par le paternel et avaient couru chercher des secours. Tristan boitait, blessé à une cuisse. Rapidement, il avait été distancé par Ludo, auquel l'inquiétude donnait des ailes.

L'épaule en miettes, l'esprit entièrement absorbé par la douleur qui tordait ses fibres, Mila les avait attendus au fond du gouffre, inconsciente d'elle-même, femme ou animal, peu lui importait de savoir. Au bout d'un temps qui lui avait paru aussi long qu'une vie entière, fait de pertes de connaissance en série et de réveils lancinants de souffrance, de métamorphoses successives et incomplètes, de visions fugaces de son propre corps devenu monstrueux, changeant, puis retrouvant soudainement sa forme humaine, elle avait aperçu plusieurs silhouettes descendre en rappel dans le ravin.

Elle avait glissé dans un sommeil profond avant d'atteindre la civière.

Et c'est ainsi que Ludo l'avait revue, évanouie, sanglée à la planche qui la remontait au bord de l'aven où il avait conduit les secours, tandis qu'une deuxième équipe se mettait en place pour aller chercher le Gris dans les entrailles de la montagne.

Tristan, quant à lui, avait déjà été hospitalisé.

Dans le couloir de l'hôpital, Ludovic s'arrêta devant une autre porte, entrouverte.

Par l'entrebâillement, il pouvait voir la mère de Mila près de la fenêtre, le regard tourné vers les branches squelettiques des arbres qui entouraient le bâtiment. Elle semblait absorbée dans des considérations qui creusaient une ride d'inquiétude sur son front.

Dehors, le jour touchait à sa fin.

Ludo se décida à entrer dans la chambre.

Ses deux amis étaient là, allongés dans deux lits jumeaux. Mila, le visage marqué par les heures de souffrance endurées, l'épaule pansée, était étonnamment resplendissante, la fatigue soulignant encore davantage sa beauté. Quant à Tristan, la jambe bandée, les cheveux éternellement emmêlés, il posa sur Ludo un regard sincère et affectueux.

Oui, ils étaient bien là, vivants, ensemble, et Ludovic comprit que tout le reste lui était indifférent.

Angèle Koré se tourna et adressa un sourire las au jeune homme qui s'avançait dans la pièce.

– Ludovic. Comment vas-tu ?

– Je vais bien, merci.

Angèle s'approcha et effleura la profonde égratignure qui barrait son front.

– On t'a soigné, quand même ?

– Oui, mais c'est rien.

– Avec toi, c'est toujours rien, observa Angèle avec une

gentillesse qui ne masquait pas la peine que le garçon lui avait toujours inspirée.

Mal à l'aise, Ludo esquiva en s'approchant de ses amis.

– Ça va, vous ?

– Moi, nickel, répondit Tristan en premier.

– Tes parents ne sont pas là ?

– Ils sont passés tout à l'heure avec Félix. Ils disent qu'il va falloir arrêter les conneries car ils n'ont pas que ça à faire, venir me chercher à l'hôpital.

– Je les comprends un peu, admit la mère de Mila, en posant sur sa fille un regard plein de sous-entendus. Ils se demandent sans doute ce que vous faisiez à poil et sans lumière dans une grotte perdue au milieu des bois.

– Maman, protesta Mila, gênée.

– D'accord, d'accord. Disons que ce n'est pas le moment d'en parler, conclut-elle.

Et d'un sourire elle chassa tout reproche de son regard, en posant une main sur le bras de sa fille.

Mila eut juste le temps de se dire qu'elle avait la meilleure mère du monde, lorsqu'une voix inconnue résonna dans la chambre.

– Permettez-nous de ne pas être de votre avis, madame.

Les trois adolescents se tournèrent vers deux hommes qui se tenaient dans l'encadrement de la porte.

– Gendarmerie nationale, se présenta l'un des deux. Nous avons quelques questions à poser à ces jeunes gens, si vous n'y voyez pas d'inconvénient.

Les deux officiers s'avancèrent dans la pièce. Ludovic les détailla. Aucun des deux n'était un copain du paternel. Habillés en civil, ils devaient avoir été dépêchés sur le cas par un haut gradé de la sous-préfecture.

– C'est à quel sujet ? se rebiffa Angèle.

Les deux gendarmes échangèrent un regard, hésitant à donner des explications qu'ils ne se sentaient pas particulièrement obligés de fournir. Ils décidèrent néanmoins d'éviter l'affrontement. L'un d'eux prit la parole.

– À proximité de l'endroit où les secours ont retrouvé ces jeunes gens, nous avons découvert une nouvelle victime. Tout porte à croire qu'elle ait succombé aux morsures d'une bête sauvage. Peut-être la même qui vous a agressés.

– Il est mort ? demanda Mila d'une voix hésitante.

Aux deux gendarmes n'échappa pas que Mila avait utilisé le masculin.

– Qui ça, « il » ?

– Abel, expliqua Mila, de bonne foi.

Sa mère la fixa en tombant des nues.

– Vous le connaissiez ? demanda un gendarme.

– On était là, lança Tristan.

Un silence s'ensuivit, avant que Tristan ne continue son explication.

– On était dans sa cabane quand Abel a été attaqué. Mais on a réussi à se sauver. C'est en fuyant qu'on est tombés dans l'aven. Et comme on n'arrivait pas à remonter, on a cherché un passage, à travers les grottes.

– Attaqué par qui ?

– Par une…

Ludo observa Tristan, qui hésitait.

– Par une bête, répondit Mila à sa place.

– Pourriez-vous nous décrire le fauve en question ?

Les jeunes se consultèrent du regard. Ils prirent la parole presque en même temps.

– Une chienne rousse.

– Pas très grande.

– Féroce.

– Le pelage assez court.

– La race ?

– Elle ressemble à une louve.

– Mais c'en est pas vraiment une.

– Vous pouvez donc nous confirmer que c'est bien le même animal qui vous a mordus dans la grotte ?

– Oui, admit Mila.

Tout le monde se tut.

– Et que faisiez-vous chez monsieur Gachalou ? relança l'officier plus âgé.

– Gachalou ? Abel Gachalou ? tiqua la mère de Mila à voix basse.

Personne ne prit la peine de lui confirmer l'identité du disparu.

– Nous l'avions rencontré dans les bois, expliqua Mila sans hésitation. Il nous avait invités à l'accompagner chez lui. Il faisait froid.

Sous le regard d'Angèle qui ne quittait pas sa fille des yeux, Mila poursuivit son récit.

– Il nous a offert une soupe. Il nous a raconté de vieilles histoires. C'est tout.

– Vous confirmez ? demanda un gendarme à Tristan.

– Je confirme.

Les deux hommes échangèrent un coup d'œil.

– Merci. C'est suffisant pour le moment.

– Abel est vraiment mort ? relança Tristan.

– Oui. Monsieur Gachalou n'a pas survécu à ses blessures.

Les gendarmes prirent congé et sortirent dans le couloir sous le regard peiné et silencieux des trois adolescents.

Angèle Koré hésita, puis leur emboîta le pas.

En faisant attention à bien refermer la porte derrière elle, elle rappela les officiers.

– Messieurs !

Les gendarmes s'arrêtèrent.

– Si vous avez une minute, j'ai des informations sur la victime qui, je pense, pourraient vous être utiles dans l'enquête.

– Vous le connaissiez ?

– Il a été un de mes patients.

– Où ça ?

– Je suis médecin. Je travaille à l'hôpital psychiatrique des Baumes. Nous avons suivi Abel pendant trois ans.

– Comment ça, suivi ?

– Il a été interné.

– Pour quelle raison ?

– Avez-vous déjà entendu parler de la paraphrénie ?

– Nous serions ravis d'en entendre parler maintenant, répondit au bout d'un instant le plus âgé des gendarmes.

– Et si on cherchait un endroit où s'installer plus confortablement ? proposa son collègue.

Angèle jeta un œil vers la chambre où se trouvait sa fille, puis se décida à suivre les deux hommes.

Les trois silhouettes s'éloignèrent dans le couloir, éclairé par la lumière déclinante du couchant.

22

La cafétéria de l'hôpital allait bientôt fermer et la serveuse remballait les marchandises invendues dans une ambiance calme de fin de service.

Touillant par réflexe un bâtonnet en plastique dans une boisson chaude à la couleur indéfinissable, Angèle parlait avec précision, déterminée.

Assis en face d'elle, le plus jeune des gendarmes prenait des notes, tandis que le deuxième homme intervenait de temps en temps pour demander des éclaircissements dans l'étonnant récit du docteur Koré.

– La paraphrénie est une psychose chronique, dans laquelle le malade est à la fois enfermé dans un délire hallucinatoire, et totalement lucide par ailleurs. Le paraphrène peut donc vivre normalement, s'adapter au réel, tout en cultivant une construction psychique complètement déjantée.

– Vous voulez dire qu'il est fou à l'intérieur et normal à l'extérieur ?

– Fou, ça ne veut rien dire. Normal non plus, d'ailleurs. Mais oui, c'est un peu ça. Disons que le paraphrène est victime de son imagination débordante. Il ne fait pas la différence entre ce qu'il fantasme et la réalité. Il souffre souvent d'hallucinations auditives mais aussi visuelles, olfactives et même tactiles.

– Abel Gachalou était donc... « paraphrène » ?

– C'est plus complexe que ça. Il y avait une composante paraphrénique dans son délire : la tendance à construire un monde fantastique et pourtant complètement logique. Mais ce n'était pas tout.

Angèle Koré dévisagea les gendarmes en pesant ses mots.

Son profil se reflétait sur la baie vitrée qui délimitait la cafétéria et laissait apercevoir le parking de l'hôpital, perdu dans une zone péri-urbaine. La campagne n'était pas bien loin.

– Abel Gachalou était un lycanthrope.

Un silence incrédule accueillit sa révélation.

– Un loup-garou ? gloussa un gendarme, moqueur.

– Oui. Dans le sens clinique du terme.

Angèle fit une pause. La lumière aux néons baignait la salle dans une lumière blafarde qui soulignait ses cernes.

– La lycanthropie est une forme de schizophrénie. En gros, le malade croit dur comme fer se transformer en loup. Il se met à courir comme un loup, à manger comme un loup. La force de la suggestion est si grande que le malade est alors capable d'exploits physiques insensés. Il croit voir la nuit, au point d'y arriver. Il croit avoir une fourrure, au point de ne pas ressentir le froid le plus intense. S'il est blessé, il ressent à peine la douleur. L'identification avec la bête est si profonde que lorsqu'on entrevoit un lycanthrope, on peut vraiment le prendre pour un animal. Même sans avoir jamais vu un loup de sa vie, il sait imiter ses mouvements, les sons qu'il émet. Rien n'est plus simple que de le confondre avec une bête.

– Mais comment c'est possible ?

– Il faut croire que nous avons en nous, bien cachée quelque part, une mémoire ancestrale capable de nous dicter des comportements animaux.

– C'est dingue, intervint le plus jeune, sidéré.

– Vous n'avez pas idée de la puissance de l'esprit.

– Je croyais que les loups-garous étaient juste une légende, commenta l'autre gendarme.

– C'est une maladie très ancienne, reprit Angèle, on dirait même qu'elle a toujours existé. Elle a été autrefois assez répandue. Aujourd'hui, elle est rare. Sauf dans notre région, où elle demeure courante.

– Ah bon ?

– Oui. Dans notre service, nous observons régulièrement des cas de lycanthropie.

– Pourquoi ici ?

– Personne ne peut le dire avec certitude. Avec mes collègues, nous pensons que les attaques des chiens errants, habituelles sur ces montagnes, entretiennent l'imaginaire du loup-garou. Comme une névrose collective qui se transformerait en psychose chez les individus les plus fragiles. J'ai constaté, par exemple, que les symptômes des lycanthropes se déclarent le plus souvent en automne. Dès que l'hiver s'installe, ça s'estompe progressivement, et avec le printemps, les crises deviennent très rares, mes patients peuvent vivre normalement pendant des mois. Scientifiquement, c'est inexplicable. C'est l'ambiance qui doit jouer. Le brouillard, les couleurs de la forêt, les vieilles pierres. Vous êtes de la région, vous ? demanda Angèle en s'adressant aux deux hommes avec spontanéité.

– Non, admirent les gendarmes.

– C'est assez difficile à comprendre pour nous qui venons d'ailleurs. Moi-même, en arrivant, je tombais des nues. Ici, il y a une composante historique, une tradition de peur, presque, qui alimente la légende. Je présume que le nom de La Roche-Bannière ne vous dit rien de particulier ?

– Vaguement…

– Le vicomte Charles de La Roche-Bannière a gouverné ce territoire au XVIIIe siècle. Il a été une sorte de chasseur de loups-garous. Un grand maniaque, si vous voulez mon avis. La rumeur populaire a largement commenté ses faits et gestes, la plupart du temps assez sanglants. J'imagine que ça a contribué à perpétuer le mythe, le fixant dans l'inconscient collectif.

– Remarquez, aujourd'hui, avec cette bête sauvage qui rôde dans le coin, il y a de quoi devenir parano, opina l'un des deux hommes. Quatre morts, tout de même. C'est énorme. Je ne vous cache pas que, dans notre hiérarchie, il y en a que cette histoire rend très nerveux.

Le regard d'Angèle se troubla.

Le gendarme disait vrai. Quatre morts. Ce n'était pas normal.

– En effet, ça dépasse le cadre clinique, concéda-t-elle.

– Revenons à Abel, relança l'officier. Vous avez réussi à le guérir ?

– Il a atteint le pic de sa psychose en mordant au sang un aide-soignant de l'hôpital. Ensuite, ses symptômes se sont rapidement atténués. Lorsqu'il a quitté notre service, il croyait être un ancien loup-garou, qui aurait perdu la capacité de se transformer, mais qui garderait, disons, certains pouvoirs. Vous savez, avant que sa pathologie ne se révèle brusquement, Abel était un homme très cultivé, un chercheur. Dans les cas comme le sien, le savoir peut jouer comme un amplificateur des troubles psychiques. Le malade utilise ses connaissances pour édifier une construction mentale très élaborée, logique, documentée, qui le conforte dans ses certitudes aberrantes. De toute façon, quand on arrive à un stade de schizophrénie aussi avancé, la rémission complète est rare. Et c'est là où je voulais en venir.

Cette fois, le gendarme n'intervint pas. Il laissa Angèle reprendre son souffle. Elle poursuivit avec un léger tremblement dans la voix qui trahissait son émotion.

– Lorsque mes patients croient être des loups, ils peuvent se lancer sans hésitation dans des combats avec d'autres animaux féroces, bien réels ceux-ci. Il est évident que dans cette hypothèse, ils ont peu de chances d'en sortir vivants. Surtout dans le cas d'Abel…

– Pourquoi surtout dans son cas ?

– Car il était alcoolique. Affaibli. Et vieux. Vous savez, les jeunes lycanthropes ont une résistance hors du commun. Ils deviennent très féroces : l'identification avec le loup est totale. Nous avons constaté que plus les malades sont jeunes, plus ils croient dur comme fer à leur transformation. Ils fuient les hommes comme la peste et n'hésitent pas à attaquer les bêtes sauvages. Ceux-là ont des chances de s'en tirer face à des adversaires même plus forts qu'eux. Mais Abel n'était plus assez solide. C'est peut-être cela qui s'est passé : il s'est battu avec un chien errant. Et il a succombé.

– Eh ben.

Un flottement s'installa autour de la table en plastique de cantine hospitalière, Angèle attendant la question que les gendarmes n'osaient pas poser de façon trop directe.

L'un d'eux brisa enfin le silence.

– Et vous ne vous demandez pas ce que faisait votre fille dans la cabane de votre ancien patient lycanthrope et alcoolo reconverti ermite ?

Angèle prit son temps avant de répondre.

– Malgré les apparences, Mila est un enfant fragile. Elle s'est toujours sentie différente. J'imagine que le fait d'être la seule enfant métisse du coin a joué dans ce sens. En tout cas, elle a toujours eu tendance à fuguer, à s'isoler dans un monde imaginaire. Quand elle était petite, elle parlait aux animaux. Elle était convaincue qu'elle pouvait lire dans leurs pensées, qu'ils lui obéissaient. Ça s'était calmé pendant un moment, mais depuis qu'elle a été mordue par un chien errant, sa fantaisie a repris le dessus. Il est possible que la rencontre avec cette bête sauvage ait alimenté sa tendance naturelle à une certaine... aliénation. Je pense qu'elle s'est monté la tête là-dessus, qu'elle a inventé des choses à propos de cet animal. Heureusement, Ludovic et Tristan sont là.

– Ses deux amis ?

– Deux garçons extraordinaires. Ils la connaissent mieux que personne, ils l'ont toujours suivie dans ses délires, sans hésiter. Je crois que c'était pour la protéger. Surtout d'elle-même.

– Et Abel ?

– Ils ont dû le rencontrer sur la montagne. Ça ne m'étonnerait pas qu'ils aient pris ses histoires fantastiques pour argent comptant.

– Ça ne serait pas plus simple de lui poser la question ?

Angèle refusa en hochant la tête.

– J'essaie de ne pas la brusquer, de ne pas exiger d'explications. Ça ne ferait que la braquer contre moi. Je me dis que ça viendra. Et tant qu'elle est accompagnée par ses amis, je préfère encore qu'elle traîne dans les bois plutôt qu'en boîte de nuit. Tristan et Ludo ne permettront pas qu'il lui arrive quelque chose de mal.

Le gendarme approuva d'un léger hochement de tête.

– Je vous comprends, ajouta-t-il. Mais je vous rassure, c'était une simple curiosité de ma part.

Angèle Koré planta ses yeux profonds dans ceux du gendarme et sans détour posa la question qui lui brûlait la langue.

– Mila est mise en cause dans le décès d'Abel ?

– Non. Pas pour le moment, en tout cas. Aucun doute ne subsiste sur les causes du décès de monsieur Gachalou. C'est un animal qui l'a tué, une bête sauvage, pas une bande d'adolescents.

Le gendarme plus jeune tenta une boutade.

– Ou un loup-garou, peut-être ?

Son collègue lui lança un coup d'œil assassin. Puis se tourna à nouveau vers Angèle qui, le regard perdu dans sa boisson désormais tiède, semblait soupeser les pour et les contre dans la lointaine possibilité de la goûter enfin.

– Dites-moi, madame Koré, dans votre histoire de lycanthropie, il y a une chose que je ne comprends pas.

Angèle releva la tête.

– Pourquoi toujours le loup ? Pourquoi pas, je sais pas moi, l'homme-ours ? Ou l'homme-sanglier ?

Angèle se décida enfin à avaler une gorgée de liquide et grimaça de dégoût, la bouche envahie par son amertume aux relents acides.

Puis elle répondit lentement, avec une lumière étrange au fond des yeux.

– Parce que le loup a été le premier animal que l'homme a côtoyé, je présume. Celui avec lequel il a appris à jouer les apprentis sorciers. Voyez-vous, l'homme a choisi un animal, sauvage certes, mais social, vivant en meute, et il l'a scindé en deux, physiquement.

– Comment ça ?

– En lui donnant à manger. Ce qui a déclenché le long processus d'évolution qui mène du loup au chien est la capacité de ce dernier à digérer l'amidon. En gros, l'homme a fait manger le loup dans sa main et lui a donné… du pain. D'un côté, il a ainsi créé le chien, son meilleur ami. De l'autre, il a banni ce qui restait du loup comme son pire ennemi, le grand méchant, le cauchemar des enfants. Alors que le loup n'a jamais été un prédateur pour l'homme. C'est du pur fantasme.

– C'est curieux.

– Oui, l'homme est une bête curieuse, concéda Angèle. J'en sais quelque chose.

Le sifflement d'un merle lui parvint alors distinctement par-delà la baie vitrée, là où le crépuscule s'allongeait sur le parking, creusant des sillons d'ombre entre les voitures garées.

L'oiseau était bien là, sautillant sur le bitume, solitaire et noir comme l'obscurité qui enveloppait le paysage.

– C'est une femelle, murmura Angèle.

Les deux gendarmes échangèrent un regard perplexe.

Pendant un moment, Angèle suivit les évolutions de l'oiseau, absente à elle-même, son visage reflété sur la vitre se superposant aux mouvements saccadés de la petite bête.

Puis le merle s'envola et la mère de Mila s'arracha brusquement à sa contemplation.

– Vous avez d'autres questions, peut-être ? s'efforça-t-elle d'articuler.

– Non, je ne pense pas, répondit un des gendarmes. Merci pour votre aide.

– Il n'y a pas de quoi, répondit Angèle avec un sourire las, mais franc.

Alors qu'elle tendait la main pour saluer les deux hommes, la serveuse éteignit le premier néon, en annonçant : On ferme.

Lorsque le merle se posa sur le rebord de la fenêtre, trois paires d'yeux se tournèrent vers lui.

La pièce était plongée dans une pénombre bleutée, éclairée par la lueur de la télévision allumée.

Tristan somnolait, Mila répondait à un SMS de Rosalie et Ludo, avachi sur une chaise, observait d'un œil vide les images colorées et totalement incompréhensibles qui défilaient sur le petit écran.

Une certaine apathie les avait gagnés après la visite des gendarmes. Sans besoin de le formuler, ils se savaient maintenant en sécurité. Personne ne les mettait en cause dans la mort d'Abel. La chienne rousse avait été ensevelie dans la grotte. Le Gris était allongé sur un lit d'hôpital. Tout les poussait à sombrer dans une nuit calme, sereine.

Encore plus que ses amis, Ludovic naviguait dans un brouillard indolent. La peur et la rage qu'il avait toujours éprouvées envers son père s'étaient brusquement estompées, et cela créait un étrange vide en lui.

Pourtant, lorsque le merle atterrit en silence derrière la vitre de leur chambre, les trois adolescents perçurent illico sa présence et levèrent en même temps le regard vers la fenêtre.

Leur synchronisme ne leur échappa pas. Ils échangèrent un sourire, unis encore une fois par ce sentiment d'inébranlable compréhension mutuelle.

Ludo posa un doigt sur ses lèvres, puis lentement, aussi discret qu'un prédateur à l'affût, se leva et s'approcha de la vitre coulissante. Il réussit à l'entrouvrir et à glisser sa main sur le rebord, avant que le merle ne s'envole dans un battement d'ailes affolé.

Le cœur de Ludo fit un bond dans sa poitrine. Une vanne s'ouvrit dans son corps, relâchant un flux d'adrénaline.

Tristan et Mila comprirent sa frustration, son excitation de chasseur.

Par réflexe, leurs dents claquèrent.

L'air froid s'engouffrant dans la chambre vint leur fouetter le visage, amenant une avalanche d'odeurs inconnues, tentantes.

Les trois adolescents se regardèrent, respirant les mêmes senteurs, la même envie, la même impérieuse nécessité d'espace et de liberté.

Cette fois, Mila se leva la première.

En regagnant la chambre de sa fille, Angèle entrouvrit la porte et ressentit immédiatement le souffle glacial de la nuit qui envahissait la pièce.

Bien avant de voir, elle imagina la scène.

La fenêtre ouverte.

Les habits au sol.

Les bandages défaits.

Les lits vides.

Angèle Koré traversa la chambre et se pencha dehors. Un étage. Pour eux, ce n'était rien.

Elle inspira lentement l'air froid de l'hiver qui s'installait.

Elle aurait dû ressortir en courant, alerter le personnel de l'hôpital, lancer les recherches.

Elle ne fit rien.

Quelque part, elle avait déjà deviné.

Au matin, Mila reviendrait, et ses amis avec elle.

Ils revenaient toujours.

Angèle avait l'expérience de son côté.

Depuis longtemps, elle avait compris qu'il fallait laisser sortir ses étranges patients. Les enfermer, nier cette soif de sauvage si puissante qu'elle aveuglait leur esprit et les muait de l'intérieur, les aurait rendus véritablement fous.

Angèle regarda une dernière fois dehors et quelque chose de froid se posa sur sa joue.

Elle leva alors les yeux et vit que le manteau sombre du ciel nocturne commençait à se briser, parsemé par d'innombrables flocons blancs.

Cela ne changeait rien.

Malgré la neige, sa fille ne pouvait pas être maintenue en cage. Elle n'était pas faite pour l'emprisonnement. Elle était faite pour courir, libre, dans la nuit.

Traversant silencieux les bois de châtaigniers, trois bêtes courent au milieu de la blanche tempête.

La neige recouvre leurs pas, comme une aubaine inespérée.

La campagne les entoure, la nature les protège.

Vers la montagne, leur indique la voix, alerte, les guidant avec assurance vers les hauteurs.

La seule voix qui compte. La voix de la meute.

Les trois animaux ne ressentent pas le froid, ni la fatigue.

Dans l'obscurité, leurs pattes trouvent les appuis, sautent les obstacles.

Joueurs, ils se pourchassent, dévient leur trajectoire, reniflent la distance qui les sépare, frottent leur pelage.

Ils sont jeunes, forts, accompagnés dans chaque geste par une maîtrise parfaite de leurs mouvements.

La bête au pelage sombre s'arrête, lève le museau vers le ciel tacheté de flocons.

Elle prend son élan et hurle, d'un son profond, libérateur.

Les deux autres lui tournent autour, trépignant d'impatience. Se bousculent pour être à ses côtés. Un instant, ils unissent leur hurlement au sien, dont l'écho se perd dans la vallée.

Puis leur course reprend.

Plus rapide, plus haut.

Dans un pli de leur esprit, bien caché, occulté par leur soif inassouvie de grand air, Mila, Ludovic et Tristan savent qu'il leur faudra un jour se défaire de cette nouvelle peau. Viendra un temps où ils devront contrôler les instincts, gérer les émotions, reprendre le fil de leur vie. Il leur faudra alors confier à d'autres cette force, cet ultime recours contre l'existence domestiquée de l'humanité, cette mémoire sauvage enfouie sous le poids des convenances, et pourtant toujours là, couvant sous les cendres depuis des millénaires.

Oui, ils le savent, ce temps viendra.

Et pourtant, ils ne se doutent pas de ce qui les attend. Ils n'imaginent pas que leur nature féroce sera la plus forte. Qu'elle les mènera vers leurs pulsions les plus sombres.

Pour l'instant, la nuit est calme.

Le Serre des Âmes s'érige devant eux, gardien d'un secret bien caché.

Et les trois loups s'évanouissent dans l'enchevêtrement de la forêt, poussés par leur faim de vie pas encore rassasiée.

DERNIERS TITRES PARUS DANS LA MÊME COLLECTION

Super, **Endre Lund Eriksen**
traduit du norvégien par **Pascale Mender**

« Voici la nouvelle Julie :

Je vais en boîte et on m'invite aux soirées, je traîne près du vendeur de hot-dogs et je parle aux garçons. Je souris plus souvent et je suis drôle. J'ai de la personnalité et de la répartie. Je suis une personne qu'on aime. Une personne que j'aime, moi.

Je ne suis plus anxieuse, nerveuse, timide. Je ne reste plus à la maison avec les parents quand les autres sortent, discutent, draguent.

No more miss nice girl. No more miss boring. (Fini Mademoiselle Parfaite. Fini Mademoiselle Rasoir.) À partir d'aujourd'hui, je suis The Queen of the World.

Et c'est maintenant que ça commence. Là, maintenant. »

(Extrait du chapitre 1)

Pas assez pour faire une femme, **Jeanne Benameur**

« Je suis nue.

Lui aussi. Tout près de moi.

La tête sur son coude replié il me regarde.

Tout à l'heure il a enlevé ses petites lunettes rondes cerclées de métal et j'ai aimé voir ses yeux. Son vrai regard. Comme si les yeux aussi pouvaient être nus. Tout son visage offert.

J'ai pris son visage dans mes mains et je me suis sentie transportée d'amour. Pour ce visage, ce corps, l'odeur de sa peau, son épaule. Lui. Tout lui. Complètement présent pour moi. Rien que pour moi.

J'en avais tellement rêvé. Et je pensais tellement que c'était impossible. »

(Extrait du chapitre 1)

Plus qu'une vie, **Kate Kae Myers**
traduit de l'anglais (États-Unis) par **Jean Esch**

« *La vie est une succession de souffles légers. Et en un seul souffle, tout peut changer.*

Inspiration.

Finir les céréales avec mon frère Jack. Quitter la maison en courant.

Expiration.

Plaisanter pendant qu'on faisait la vaisselle. Tirer un coup de feu.

Inspiration.

Prendre des notes sans intérêt en cours d'histoire. Le proviseur qui vient me chercher en classe. Apprendre la nouvelle au sujet de mon frère.

Expiration.

Tout ça en un souffle léger. »

(Extrait du chapitre 1)

Sacrifice à la lune, **Marcus Sedgwick**
traduit de l'anglais (États-Unis) par **Valérie Dayre**

« Le soleil ne se couche pas.

C'est la première chose que remarque Eric Seven sur Blessed Island. Il remarquera bien d'autres phénomènes étranges avant que l'oubli ne s'empare de lui, mais cela viendra plus tard.

Pour le moment, debout au sommet d'une colline déserte de l'île, il vérifie l'heure à sa montre puis reporte son attention sur l'horizon où le soleil devrait décliner. Il est minuit passé, or l'astre continue de briller, effleurant à peine de son disque scintillant la mer étendue à perte de vue.

L'île est si loin au nord.

Il secoue la tête.

Il pense à Merle. À son regard où semble luire une attente. Au calme qu'il a éprouvé du simple fait de se tenir près d'elle.

– Eh bien, il en va ainsi, dit-il avec un sourire émerveillé.

Il est fatigué. Son voyage a été long. »

(Extrait du chapitre 1)

Desert Angel, **Charlie Price**
traduit de l'anglais (États-Unis) par **Valérie Dayre**

« La bagarre démarra après minuit, Scotty bourré, la mère d'Angel pétée au crack. Comme ça ne se calmait pas, Angel quitta la caravane pour aller dormir à proximité, dans un petit creux formé par un fossé de drainage. À l'abri des vents nocturnes, isolée des cris et des menaces, Angel put se pelotonner dans sa robe de chambre et regarder les étoiles. Voilà longtemps qu'elle ne faisait plus de vœux. À quatorze ans, elle avait passé l'âge. Quand elle s'éveilla à l'aube, la camionnette était partie, la caravane était vide. Sur la cloison intérieure près de la porte, il y avait du sang. »

(Extrait du chapitre 1)

Que deviennent les enfants quand la nuit tombe ? Jean-Paul Nozière

« Nous habitions la ferme depuis deux ans quand c'est arrivé. Je n'oublierai jamais cette journée, même si je dois vivre mille ans. La ferme n'en était plus une depuis longtemps. Quand mes parents ont acheté les bâtiments, pour une bouchée de pain, seuls les murs tenaient debout. Et encore. Mais il y avait beaucoup de terrain autour et papa disait qu'on pouvait faire quelque chose de sensationnel de la propriété.

– Il va falloir se retrousser sérieusement les manches et ne pas se montrer fainéants ! s'était-il exclamé, en shootant nerveusement dans une des nombreuses touffes d'orties qui envahissaient la cour.

Il s'était tourné vers moi, les sourcils en accent circonflexe, son regard évaluant à la fois la minceur excessive de mon corps de fille de quatorze ans et mes aptitudes à un travail de maçon. Mon père estimait que je m'intéressais trop aux mannequins des magazines de mode.

– Tes jolies mains vont déguster, Bertille. Je crois que nous devrions commencer par nous munir d'une collection de gants blindés.

"Gants blindés" était son genre d'humour ! »

(Extrait du chapitre 1)

Mary-Lou, Stefan Casta
traduit du suédois par Agneta Ségol

« C'est l'heure de pointe. Du moins pour moi. Notre cours de dessin de l'après-midi a eu lieu en plein air et je suis resté après les autres, ce qui m'a mis en retard. Je sors du métro à Skanstull et je me fraye un passage à travers la foule.

Comme d'habitude, je jette un regard dans la vitrine de la poissonnerie Göta Fisk. Il y a une pub pour du chien de mer. Tout en traversant Götgatan je me demande comment on cuisine le requin. À la poêle ou au court-bouillon ? Deux types dans une Peugeot 306 cabriolet me sortent de mes réflexions en me klaxonnant et je me réfugie sur le trottoir avec mon carton à dessins plein de croquis sous le bras.

C'est la première voiture décapotable que je vois cette année et je me fais la réflexion que l'été ne va pas tarder. On est mi-avril, l'air est doux et un soleil pâle, presque argenté, brille sur le quartier de Söder.

Cela explique peut-être pourquoi je ne la vois pas. Mes pensées sont trop occupées par l'été qui attend, par mes projets et par une petite inquiétude qui me ronge.

Tout d'un coup, je heurte quelque chose et je sens une douleur foudroyante dans mon pied droit. Je me retrouve à quatre pattes avec un million d'anges blancs voltigeant de façon incontrôlée autour de moi. Je dois avoir l'air complètement ridicule. »

(Extrait du chapitre 1)

L'Heure de la vengeance, **Jan Chr. Næss**
traduit du norvégien par **Pascale Mender**

« Comme une méduse dans une mer d'azur, le soleil flottait dans le ciel. Il clapotait contre la fenêtre de ma chambre quand je me réveillais, et quand je me couchais, la brûlure était encore là, dans tout le corps.

La nuit, j'étais en nage et je me retournais dans mon lit sans réussir à dormir.

C'est à la fin de cet été-là que j'ai frappé à la porte de l'enfer.

Difficile d'avoir les idées claires quand le soleil ne te laisse aucun répit.

Difficile de prendre la bonne décision.

Il y en a un qui en a pris une sacrément mauvaise, de décision : Fanny a été tuée dans la maison d'à côté. Victime de coups portés à l'aide d'un objet contondant pendant que je suffoquais dans mon lit sans trouver le sommeil. »

(Extrait du chapitre 1)

Goodbye Berlin, **Wolfgang Herrndorf**
traduit de l'allemand par **Isabelle Enderlein**

« La nuit de samedi à dimanche. Quatre heures, avait dit Tschick. Ce serait la meilleure heure. Quatre heures du matin. J'ai presque pas dormi. J'ai somnolé la moitié de la nuit pour me réveiller illico quand j'ai entendu des pas sur notre terrasse. J'ai foncé vers la porte. Tschick était là, dans la pénombre, un sac de marin sur l'épaule. On chuchotait sans raison aucune. Tschick a posé son sac de marin dans notre vestibule, et puis on est partis.

En rentrant de Werder, il avait laissé la Lada dans la rue où elle était censée être le reste du temps. C'était à dix minutes de chez nous. En y allant, un renard a déboulé à nos pieds en direction du centre, un véhicule de nettoyage de la ville est passé en chuintant, et une retraitée expectorante a croisé notre chemin. Au finish, on se faisait plus remarquer qu'en plein jour. À trente mètres de la Lada, Tschick m'a fait signe d'attendre. Je me suis collé contre une haie, le cœur battant. Tschick a sorti une balle de tennis jaune de sa poche. Il a pressé la balle contre la poignée de la Lada et a appuyé dessus du plat de la main. Je comprenais pas bien en quoi c'était utile, mais Tschick a lancé dans un sifflement : "Les pros en action !" Puis il a ouvert la porte et m'a fait signe de le suivre. »

(Extrait du chapitre 1)

Samien, la Conquête de la planète froide, Colin Thibert

« Depuis son installation dans le comté du Vomer, Samien accompagnait Bolumir presque tous les jours, à la chasse ou à la pêche. Il appréciait la bonne humeur inaltérable du petit homme et ses talents de pisteur. Il n'y avait pas un sentier, pas une grotte, pas une source dont Bolumir ignorât l'existence. Il connaissait les habitudes de tous les animaux sauvages et savait lire leurs traces. À partir d'une laisse, d'une plume ou d'une touffe de poils accrochée à un épineux, il était capable de déduire l'âge de la bête, son poids, la direction qu'elle avait prise.

À l'instar de la plupart des natifs du comté, Bolumir était court sur pattes, vêtu de braies et d'une cotte rougeâtre, assortie à sa carnation. Il portait généralement un gros bonnet et des mitaines qu'il tricotait lui-même. Le contraste avec Samien, élancé, élégant et noir de peau, était plaisant. Les deux hommes s'appréciaient et se comprenaient à demi-mot. Bien que Samien restât plutôt discret sur son passé, Bolumir devinait qu'il avait traversé nombre d'épreuves. Le fait qu'il ait bourlingué à travers l'Outremonde et soit originaire des Kraspills, la plus haute chaîne de montagnes du Sarancol, forçait également son respect. »

(Extrait du chapitre 1)

Fuir les taliban, André Boesberg
traduit du néerlandais par Emmanuèle Sandron

« Des vautours se laissent porter dans le ciel bleu par les courants ascendants. L'ombre des montagnes se profile au loin. J'essaie de maîtriser ma respiration, de ne pas penser. Il pèse un tel silence sur le stade ! Difficile d'imaginer qu'avant, on jouait au football, ici. J'essuie mon front en sueur du revers de la main. Je me lèche les doigts, pour le sel, aussi précieux en été que le bois en hiver.

Regard furtif vers Obaïd. Il a les yeux fixés sur un point devant lui, le visage impénétrable, les mâchoires serrées. Si mes parents et Taya, ma sœur, savaient que je suis ici ! Mais ils l'ignorent, et je ne veux pas qu'ils l'apprennent. Je sens qu'il va se passer tant de choses cet après-midi. Des choses dont je n'ai encore qu'une vague idée. Des choses que je voudrai effacer le plus vite possible de ma mémoire.

"Le mieux, c'est d'oublier", dit toujours Obaïd.

Il sait de quoi il parle, il en a déjà vu beaucoup plus que moi. »

(Extrait du chapitre 1)

Le Monde dans la main, Mikaël Ollivier

« C'est mon plus lointain souvenir. L'un de mes premiers Noël, mais je n'en savais rien. Je ne savais rien à rien, je ne vivais même pas au jour le jour mais simplement au présent. Le présent. J'habitais le présent. Le temps n'existait pas encore pour moi. Mon monde se limitait à quelques visages familiers, des odeurs, des sons, la faim, le sommeil, la douleur, le chaud, le froid...

J'étais sur les genoux de ma mère. Il existe une photo de cet instant. L'image est sombre, mon visage rond de bébé n'y est éclairé que par les flammes des quatre bougies du carillon des anges, ce petit mobile sur son socle en laiton doré, au mécanisme si simple et si malin : les flammes forment des colonnes d'air chaud qui font tourner des ailettes qui, elles-mêmes, entraînent un axe supportant trois anges dans une ronde de plus en plus rapide qui permet à des petites tiges métalliques, à chaque passage, de faire tinter joyeusement des clochettes.

Mes parents avaient éteint la lumière pour mieux mettre en valeur le jeu des flammes sur le métal. Les anges s'étaient mis à tourner, sans bruit tout d'abord. Au plafond étaient apparus des reflets qui ressemblaient à la surface d'une eau précieuse. Puis un premier tintement, un autre, un autre encore, de plus en plus rapprochés. La ronde des anges avait atteint sa vitesse de croisière et le son des clochettes était devenu régulier. *Ding, ding, ding*... Fine chevauchée dans les aigus, promesse d'une magie à venir, d'une douceur qui tient en haleine, d'une beauté simple, poétique et fragile de la vie.

Et mon regard, ce réveillon-là, avait glissé des anges au visage de ma sœur de l'autre côté de la table. Alix, attentive, immobile, aussi transportée que moi, bouche ronde entrouverte et dans les yeux brillants une danse d'or et de lumières. »

(Extrait du chapitre 1)

Candor, Pam Bachorz
traduit de l'anglais (États-Unis) par Valérie Dayre

« *KA-TCHUNK, KA-TCHUNK, KA-TCHUNK.*

Le son arrive par la fenêtre de ma chambre. Il perturbe ma concentration. Non qu'il soit fort, mais il est impossible de l'ignorer. Ce n'est pas un bruit d'ici.

Ka-tchunk, ka-tchunk, ka-tchunk.

Candor est la même chaque soir. On y entend le chuintement de l'arrosage automatique. Le cri perçant des grenouilles des marais. Le bourdonnement de la camionnette anti-moustiques qui fait le tour de chaque pâté de maisons.

Ce bruit-là ne fait pas partie du programme.

Ka-tchunk, ka-tchunk, ka-tchunk.

Il devient plus fort à présent. Je recule ma chaise à roulettes de mon bureau et me lève. J'ai le temps d'une brève expédition dehors. Mon travail scolaire peut attendre cinq minutes. Ou plus, s'il s'agit d'un truc intéressant.

Mais l'un des Messages de P'pa jaillit dans mon cerveau. *Les études sont la clé du succès.* Ça m'immobilise net, mes pieds pèsent une tonne. Je n'irai nulle part. »

(Extrait du chapitre 1)

Rien qu'un jour de plus dans la vie d'un pauvre fou,
Jean-Paul Nozière

« – Tu surveilles Élise une petite heure, mon grand ? Le temps d'une ou deux courses dans le quartier.

Je déteste que maman m'appelle "mon grand". J'ai dix-sept ans. C'est ridicule. Surtout quand elle parle aussi fort, ameutant les autres personnes assises sur les bancs du parc Émile-Zola. Une façon de clamer : "C'est mon fils ! Il est beau, n'est-ce pas ? Et gentil à un point, si vous saviez !" Si je suis dans les parages, maman ne peut pas s'empêcher de débiter ces niaiseries à quiconque discute avec elle plus de trois minutes.

Mais là, nous sommes au parc alors que j'aimerais être sur la plage.

Et je déteste surveiller ma sœur. Je ne suis pas si gentil que maman le dit. Obéissant, plutôt. Élise a trois ans. Un bébé. J'aurai l'air de quoi à pinailler autour des bacs à sable et des toboggans, pendant que ma sœur se fera tirer les cheveux par des têtes à claques ou tirera ceux des têtes à claques ? »

(Extrait du chapitre 1)

Samien, le Voyage vers l'outremonde, Colin Thibert

« Lorsque Samien se réveilla, la dernière lune avait quitté le ciel et, quelque part, un oiseau chantait pour saluer le lever du soleil. Il se sentait bien, n'avait plus mal nulle part et l'araignée bavarde de son cauchemar s'était évaporée avec le jour. Il quitta son abri et ôta sa chemise : la boursouflure rosâtre qui marquait son épaule droite, là où la mèche du fouet de Barthélemy l'avait entaillée, avait entièrement disparu. La peau était lisse, noire et luisante. Il se déshabilla entièrement : son corps ne portait plus la moindre trace, hormis, sur un genou, la cicatrice d'une chute ancienne. Devait-il cette guérison expresse à l'oxémie ? »

(Extrait du chapitre 3)

All together, Edward van de Vendel
traduit du néerlandais par Emmanuèle Sandron

« L'été dernier, ma vie a franchi le mur du son. Six mois se sont écoulés depuis août, mais elle reste marquée par ce clivage entre l'avant et l'après. Avant, j'étais un gars insignifiant de dix-huit ans ; aujourd'hui, je suis dévoré par un amour fou. Avant, je vivais dans mes rêves ; aujourd'hui, j'arbore un tatouage : un petit avion sur le bras qui, jour après jour, raconte mon départ pour l'Amérique, ma découverte de la Norvège et puis mon retour aux Pays-Bas. Autrement dit : mon voyage avec Oliver, mon voyage vers Oliver, mon voyage loin d'Oliver.

Avant, j'habitais chez mes parents ; aujourd'hui, je vis dans une coloc à Rotterdam. Avant, je préparais mon bac comme un imbécile ; aujourd'hui, je suis inscrit à l'École nationale de création littéraire. Avant, je papotais à la table de la cuisine avec ma mère ; aujourd'hui, je discute avec Vonda. Et avec Vonda, ma vie a franchi un deuxième mur du son. »

(Extrait du chapitre 1)

La Maison du pont, **Aidan Chambers**
traduit de l'anglais (Grande-Bretagne) par **Élodie Leplat**

« Adam surgit devant moi comme un fantôme. Un instant, je crois qu'il en est un. Puis, comme souvent par la suite, il transforme son apparition en jeu. Il fait semblant d'être un fantôme, mais seulement quand il découvre qu'il s'est trompé.

Alors qu'il cherche un endroit où squatter pour la nuit, il tombe sur la petite maison octogonale à côté du pont, pas de lumière, ça a l'air vide, mort, et il se dit que c'est son jour de chance. Il ne sait pas que je me trouve à l'intérieur ; en plus, c'est Halloween.

Il force la porte, doucement. Ça ne lui pose aucun problème. La serrure est vieille et fragile, il est costaud. Même s'il n'est pas grand – petit, souple – on a parfois l'impression qu'il a les muscles d'un homme vigoureux, ce qui participe de sa face cachée, de son mystère.

Il force la serrure si doucement que je ne me réveille pas. Cela fait trois mois que j'habite dans la vieille maison du péage et je dors bien, ce qui n'était pas le cas lorsque l'endroit m'était encore étranger et que je n'avais pas l'habitude d'être seul. »

(Extrait du chapitre 1)

En attendant New York, **Mitali Perkins**
traduit de l'anglais (États-Unis) par **Valérie Dayre**

« Par la vitre baissée, Asha et Reet pressaient les mains de leur père. Le train se mit lentement en mouvement, prit de la vitesse. Baba dut courir. Quand ses doigts échappèrent à leur étreinte, les filles se penchèrent davantage pour le voir s'effacer puis disparaître dans la brume de Delhi.

– Attention ta tête, Osh ! s'écria brusquement Reet en tirant sa sœur vers l'intérieur du compartiment.

Le train s'engouffrait dans un tunnel, il bringuebala violemment et, dans l'obscurité, Asha se cramponna au bras de sa sœur. En temps ordinaire, leur mère l'eût mise en garde bien avant Reet. Mais parfois Ma était prisonnière des griffes du Geôlier – ainsi les filles nommaient-elles la pesante mélancolie qui souvent tombait sur elle tel un linceul. Était-elle déjà partie si loin que même la crainte de voir sa fille décapitée ne pouvait la tirer de sa torpeur ?

Lorsque le train sortit en ahanant du tunnel, Asha eut peine à croire à ce qu'elle voyait. Leur mère avait enfoui son visage dans ses mains, et des larmes – de vraies larmes, mouillées, salées – striaient de larges sillons brunâtres ses joues poudrées.

Que se passait-il ? Il devait y avoir une erreur – il était impossible que Sumitra Gupta puisse pleurer. Les filles avaient maintes fois vu leur père ému aux larmes, même quand Ma ou Reet chantait la pluie, le chagrin ou les peines de cœur. Mais leur mère ne pleurait jamais, se retirant plutôt dans un silence froid qui pouvait durer des heures, des jours, des semaines. Jusqu'à des mois, comme après l'arrivée du télégramme lui annonçant la mort de sa mère. »

(Extrait du chapitre 1)

La vie commence, **Stefan Casta**
traduit du suédois par **Agneta Ségol**

« As-tu déjà pensé à ce que serait la vie sur la planète Terre s'il n'y avait que les hommes ?

S'il n'y avait pas d'oiseaux dans le ciel, pas de poissons dans la mer. Pas d'agneaux, pas de chiens de bergers, pas de chauves-souris, pas de lièvres blancs.

Rien que des Toi & Toi & Toi. Et des Moi & Moi & Moi.

Excuse-moi, c'est juste une idée qui vient de me passer par la tête. (Personnellement, je pense qu'on aurait une impression de grand vide !)

Mais venons-en au fait.

Je vais te raconter l'histoire d'une fille qui adore les animaux.

En écrivant ces lignes, je m'aperçois que je ne sais pas grand-chose d'elle. À peine son nom.

C'est sans doute ce qui explique pourquoi mes pensées volent comme des oiseaux dans ma tête.

Je soupire, j'arrête l'ordinateur et je vais me coucher.

Et quand je ferme les yeux, le monde s'éteint.

C'est alors que remontent *les contes*... »

(Extrait du chapitre 1)

Cet ouvrage a été achevé d'imprimer sur Roto-Page
à la lune pour le compte des éditions Thierry Magnier
par l'Imprimerie Floch à Mayenne en mars 2014
Dépôt légal : mai 2014
N° d'impression : 86576
Imprimé en France